2023年"新时代中国法治文学精选"丛书

中国社会主义文艺学会法治文艺专业委员会 编

女警姚伊娜

群众出版社
·北京·

图书在版编目（CIP）数据

女警姚伊娜／中国社会主义文艺学会法治文艺专业
委员会编. -- 北京：群众出版社，2024. 10. -- （2023
年"新时代中国法治文学精选"丛书）. -- ISBN 978-7
-5014-6390-9

Ⅰ. I247. 5

中国国家版本馆 CIP 数据核字第 2024PT3893 号

2023 年"新时代中国法治文学精选"丛书

女警姚伊娜

中国社会主义文艺学会法治文艺专业委员会　编

责任编辑：冯京瑶
装帧设计：王紫华
责任印制：周振东

出版发行：群众出版社
地　　址：北京市丰台区方庄芳星园三区 15 号楼
邮政编码：100078
经　　销：新华书店
印　　刷：天津嘉恒印务有限公司

版　　次：2024 年 10 月第 1 版
印　　次：2024 年 10 月第 1 次
印　　张：7. 125
开　　本：880 毫米×1230 毫米　1/32
字　　数：153 千字

书　　号：ISBN 978-7-5014-6390-9
定　　价：49. 00 元

网　　址：www. qzcbs. com
电子邮箱：qzcbs@ sohu. com

营销中心电话：010-83903991
读者服务部电话（门市）：010-83903257
警官读者俱乐部电话（网购、邮购）：010-83901775
文艺分社电话：010-83901350

前言

为认真贯彻习近平新时代中国特色社会主义思想，弘扬社会主义核心价值观，讲好中国法治故事，以法治文学的力量，为实现以中国式现代化全面推进中华民族伟大复兴作出应有贡献，经中国社会主义文艺学会批准，中国社会主义文艺学会法治文艺专业委员会自 2021 年起开展"新时代中国法治文学精选"丛书征稿编选工作。迄今已连续成功举办了三届。中宣部原副部长、原文化部部长贺敬之同志担任编委会总顾问。此项活动的主要成果是，由群众出版社向全国公开出版发行 2021 年、2022 年、2023 年"新时代中国法治文学精选"丛书，收录长篇小说 14 部、中篇小说集 1 部、报告文学集 2 部、中短篇小说集 2 部、短篇小说与报告文学集 1 部。这是一年一度法治文学精选的征稿编选工作，对于推动中国法治小说、报告文学原创作品的发展，促进法治文学人才脱颖而出，起到了十分重要的积极作用。

1

2021 年入选的优秀作品，其中长篇小说 2 部（《山重水复》《弹壳》）、中短篇小说集 1 部（《疑似命案》）、报告文学集 1 部（《微尘鉴罪》），已收入 2021 年"新时代中国法治文学精选"丛书，由群众出版社出版发行。2022 年入选的优秀作品，其中长篇小说 6 部（《血案寻踪》《刑警一中队》《刑警的诺言》《越过陷阱》《虚拟诱惑》《刑侦女警》）、中短篇小说集 1 部（《诡异现场》）、报告文学集 1 部（《预审"工匠"》），已收入 2022 年"新时代中国法治文学精选"丛书，由群众出版社出版发行。

2023 年"新时代中国法治文学精选"丛书的征稿编选工作现已圆满结束。此次征稿，自 2023 年 1 月 1 日至 9 月 30 日，共收到作品 80 部（篇），其中长篇小说 11 部，中篇小说 18 篇，短篇小说 33 篇，报告文学 18 部（篇）。经中国社会主义文艺学会法治文艺专业委员会组织专家认真审读，最终确定 25 部（篇）作品入选 2023 年"新时代中国法治文学精选"丛书。凡入选作品的作者，均由中国社会主义文艺学会法治文艺专业委员会颁发"特约作家"证书，并在中国社会主义文艺学会网站公布。

2023 年"新时代中国法治文学精选"丛书继续由群众出版社出版发行，共 8 部，收录长篇小说 6 部、中篇小说集 1 部、短篇小说与报告文学集 1 部，并将所有入选作品名单收入附录。

中国社会主义文艺学会法治文艺专业委员会
2023 年 12 月 31 日

女警姚伊娜

宋瑞让

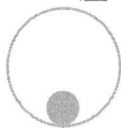

目录

第一章　除夕的闹剧

午后，阴沉的天空中飘起了小雪。很快，整个金城都被这洁白的雪花覆盖了。

凤凰派出所一楼的第一间办公室内，埋头整理案卷的吴国辉抬头看向窗外，不由得惊呼："好美的雪啊！"

徒弟姚伊娜闻言，几乎从椅子上跳了起来。她三步并作两步走到窗前，一把推开了窗子。一股寒风夹着雪花扑面而来，姚伊娜大声叫道："爽！"

吴国辉被冷风吹得一激灵，刚想埋怨这个疯疯癫癫的丫头，便猛地想起来一件事。他一拍脑门，说："呀，坏了！"

姚伊娜忙问："咋了，师父？"

吴国辉说："前两天，李凡的爷爷托人带话说，他家的煤快没有了，让我帮忙送过去一些。那两天，事儿特别多，我一忙起来，竟然把这事给忘了。"

说着，他穿上棉衣就往外走。

姚伊娜一把拉住吴国辉，说："等等，我也要去！"

吴国辉说："你去干吗？大冷天的，路又滑……你还是好好地帮我把案卷整理好吧，咱们争取元旦前把起诉的事情搞定。"

1

姚伊娜噘起嘴，说："不，我就要去！我也想看望一下李爷爷！"

吴国辉笑着说："你一个二十多岁的大姑娘，还像个小女孩儿一样撒娇耍脾气，像话吗？我是去干活儿，又不是去玩儿！"

姚伊娜不依不饶："我也是去干活儿，有的是力气。师父，李爷爷现在是我责任区的居民。你以前是那个段上的社区民警，可你现在是治安警。虽然咱们是一个组的，但是责任要明确——李爷爷就是我应该照顾的人。所以说呢，我必须去。"

吴国辉笑着摇摇头，叹了口气，说："真拿你没办法！"

望着漫天飞舞的大雪，七十五岁的李建国犯了愁。家里的煤快要用光了，弄不好当天夜里就得挨冻。

他不禁后悔起来，当年不应该把房子建在这半山腰上。那时候，左邻右舍都劝他把房子建在老宅基地上。但是，因为与二弟李国庆一家不和，他一赌气，就跑到离村庄二里地的半山腰上盖起了房子。

生产队队长老柴十分担忧地说："你腿脚不好，住在半山腰上，往家里运送庄稼太不方便。"

倔强的李建国拍拍胸脯说："怕啥！咱们农村人还怕这点儿困难？"

年轻时的李建国虽然患有先天性的腿部疾病，走起路来一瘸一拐，但是干起农活儿来却是一把好手。仗着浑身的力气，他几乎是天不怕地不怕，曾经一个人拉着装有上千斤小麦的架子车冲上门前那道"鬼见愁"的陡坡。他曾经和同龄人打赌，单肩挑起一百五十公斤的货物。谁知，他一使劲儿，竟然压折了家中的扁担。为此，他遭到了父亲的一顿责骂。

想起年轻时候的那些事，李建国老汉既激动又兴奋。看看眼前，他禁不住叹了一口气："唉，老了，老了！人老不如狗啊！"

"什么人老不如狗啊？"吴国辉说着，推门进来了。姚伊娜紧随其后，蹦蹦跳跳地来到李建国跟前，调皮地问："李爷爷，我师父是不是惹您生气了？说出来，我帮您出气！"

李建国哈哈大笑着说："吴警官才不会惹我生气呢！这大雪天的，你们过来干吗？不会是给我拉煤吧……"

姚伊娜笑嘻嘻地说："正是为了此事。路上我还批评我师父呢！一天天地净瞎忙，怎么能拿李爷爷的事儿不当事儿呢！"

李建国摆了摆手，说："不用急，还能坚持几天，等天晴了再说吧！"

吴国辉微笑着说："李爷爷，您就别骗我了。刚才，我们俩在院子里看了，就剩下点儿煤渣子了，连今晚都不够烧。"

李建国连忙阻拦道："坚决不行！这大雪天的，无论如何都不能让你们去拉煤。我这个糟老头子不怕冷，等天晴了再说吧！"

姚伊娜拉着李建国的手，劝道："李爷爷，您就别拦了，我师父已经把煤买好了。卖煤的老板送到山下就不送了，说坡太陡，上不来……又说'三马子'容易翻，我看就是借口。"

吴国辉嗔怪地瞪了姚伊娜一眼，说："就你话多！我看人家老板说的没错，那么陡的坡，他那个三轮拖拉机只要一打滑，说翻就翻了。"

姚伊娜冲吴国辉吐了一下舌头。

李建国见拗不过他们，就从杂物间里翻出了长时间不用的架子车。吴国辉拿起打气筒，给车轮打了气。姚伊娜手脚麻利地用扫帚扫去了车上的灰尘。

师徒二人出门的时候，费了很多口舌才阻止了想要前去帮忙的李建国。但是，李建国坚持要在院门口看着。

姚伊娜说："李爷爷，这么大的雪，您会冻坏的。"

李建国笑呵呵地说："不怕！咱们庄稼人不怕雪，还盼着下雪呢！俗话说'三九一场雪，来年人安吃不缺'！你们干活儿，我看着……我这心里呀，总觉得不落忍。"

姚伊娜说："李爷爷，您就别担心啦！"

看着师徒二人拉着架子车，消失在茫茫大雪中，李建国心中充满了感激，泪水模糊了双眼。

大雪中，吴国辉双手按住车辕，肩膀上挂着拉车绳，腰弯成了九十度。他使出了浑身的力气，艰难地前行。姚伊娜跟在后面，用力地推着车。

雪越下越大，路上的积雪越来越厚。空手走在雪中，不会觉得路滑，但吴国辉是负重前行，稍微用一点儿力就觉得脚下特别滑。

行至最陡的地方，师徒二人真的是进三步、退两步。突然，吴国辉一趔趄，车子猛地快速往回溜。姚伊娜单薄的身体根本抵不住架子车的惯性，他们和架子车一起翻入了路边的小沟。

吴国辉爬起来，看见摔倒的姚伊娜浑身是雪，满怀歉意地说："对不起啊，是师父力气太小了！"

姚伊娜爬起来，拍着身上的雪，笑呵呵地说："怎么能怪您呢！这个坡太陡了，路太滑了。"

师徒二人把架子车翻过来，放平了，然后把煤炭一袋一袋地装上了车。汗水和着雪水，从两个人的脸上流下来。

吴国辉对姚伊娜说："不让你来，你偏要来。看，你的脸都花了，变成小花猫了！"

姚伊娜说："师父啊，要是我不来，您不是更没办法了嘛！难道您要一袋一袋地往上扛吗？"

吴国辉刚要说话，就看见大雪中跑来了两个人。姚伊娜仔细一看，是所长马小林带着社区民警张韦朝这边跑来。

她开心地挥着手，大声喊道："马所，我们在这里！你们怎么来了？"

马小林说："巧了，我刚才去办事，碰到了煤老板。他告诉我，你们师徒二人给李老头儿买了一车煤。但是，李老头儿家的那个坡太陡了，你们只好把煤卸到了坡下。你们两个人要把煤搬到李老头儿家，那可是要费一番周折的。我一听，就叫上张韦来帮忙了。"

姚伊娜高兴地说："马所，您真是太给力了！"

窗外的雪越下越大，地上全白了，远处的山脉也全白了。

李凡坐在戒毒所暖融融的房间里，望着窗外的大雪，不由得想起了家中孤身一人的爷爷。这大冷天的，老人的房间是否暖和？他有没有生病？他腿脚不利索，万一滑倒了咋办？

"李凡，请你谈谈戒毒一年来的感受。"管教民警梁俊华的声音响在耳边。

"李凡的思绪已经飞回家了,估计又在想他爷爷。"一同戒毒的王二宏打趣道。

同宿舍的人全都笑了起来。

李凡回过神儿来,看到大家充满善意地笑着,有点儿不好意思。

梁俊华说:"李凡,你进戒毒所已经满一年了,我们要对你的戒毒情况进行评估。如果过关了,估计这个春节你就可以在家过了。"

李凡从小凳子上站起来,恭敬地说:"谢谢管教!"

梁俊华说:"请你和大家分享一下,这一年来,你在思想上有什么转变,还有你对毒品的认识——这是我们进行评估的一个环节。"

李凡支支吾吾了半天才说:"我就是一个农民,只有初中文化,就是个大老粗。我不太会说话,也不知道该怎么说。既然梁管教让我说,那我就说一下自己的经历和感受吧。

"说实话,刚进戒毒所的时候,我心里特别恨警察,尤其恨派出所民警吴国辉。其实,我心里明白,作为警察,吴国辉是称职的。他天生一副热心肠,主动为老百姓办实事,真心实意地给大家伙儿解决问题,得到了我们村及周边地区居民的一致好评。

"我第一次吸毒被抓后,执行的是社区戒毒。其间,管教我的民警就是吴国辉。他丝毫没有看不起我,像个老大哥一样,真诚地和我谈心,与我交流。他让我认识到了毒品的害处,增强了自觉抵制毒品的信心和决心。

"可是,毒品的诱惑力实在是太大了。尤其是看到别人吞云吐雾的时候，我的心就像被猫抓了一样，难受极了。"

说到这里，李凡扫视了一下同宿舍的其他七个人。刚才还是一脸轻松的他们，现在个个表情凝重，屋里鸦雀无声。

李凡接着说："我听到朱二生的那一句'来一口'时，瞬间破防了。我用颤抖的手接过他吸剩下的一点点'粉儿'，哆嗦着点上了一支烟。我撕下烟盒上的锡纸，把'粉儿'轻轻地撒在锡纸上……进入了飘飘欲仙的状态。

"但是，随之而来的是恐惧、自卑和强烈的后悔。三十二岁的我抱着头，'呜呜'地哭了起来。

"那个时候，我是发自内心地后悔，觉得自己对不起吴警官，泪水不停地往下流。

"就在这时，朱二生走过来，朝我的屁股狠狠地踢了一脚，恶狠狠地骂道：'瞧你那点儿出息！你刚才见了'粉儿'，眼神儿那么贪婪，吸完了在这里装什么好人？'

"我停止了哭泣，愤怒地看着他，在心里咒骂起他来：'都是你这个老家伙引诱我，不然我怎么会复吸？'朱二生或许是心虚了，站起身来，留下一句'我相信，你很快就会来找我'，便转身离开了。我暗暗地发誓，再也不去见这个老家伙了。

"对吸毒人员来说，誓言是誓言，现实是现实。不到一个星期，我心里就开始'痒痒'了，忍不住拨通了朱二生的电话。有了第一次，就有第二次。接下来，就一发而不可收拾了。没有钱，我就去偷亲戚朋友家的东西，甚至偷了爷爷的养老钱。

"每次吸完之后，我都会被恐惧、自卑和强烈的后悔包围。

"俗话说，常在河边走，怎能不湿鞋。从复吸的那一天起，我就知道自己总有一天会再次被抓。我甚至觉得，自己会坦然面对那一天的到来。但是，当吴国辉真正出现在我面前的时候，我还是感觉有些不甘心。我想跑，跑得远远的，但是不愿意让爷爷看到我狼狈的样子。

"于是，我向吴警官跪地求饶，求他给我一次机会。他坚定地摇着头说：'你在社区戒毒期间，我没有看好你，就已经失职了，难道你要让我继续犯错误吗？'看着他坚毅的眼神，我知道自己已经逃不掉了，就想起了隔壁的爷爷。我说：'我去戒毒了，七十多岁的爷爷咋办？'

"吴警官淡定地说：'我来管。'我百般求饶，最终还是被送进了戒毒所。我心里充满了恨，恨铁面无私的警察，根本听不进去他们的话。"

李凡停顿了一会儿，继续说："吴警官是个说到做到的人。我到了戒毒所之后，爷爷托人给我带来了一些生活用品，还带话说，他前一段时间生病住院，吴警官对他照顾得很周到。爷爷让我好好配合，安心戒毒。

"从那时起，我就渐渐地转变了对吴警官的态度。接着，我对梁管教也不是那么抵触了。我慢慢地适应了，接受了这里的一切。

"我发现，不管是社区民警，还是咱们这里的管教，都是真心为我们着想。在工作中，他们履职尽责，不就是为了彻底铲除危害百姓的毒品嘛！这次我出去，一定远离那些坏人，远离毒品。我要好好照顾爷爷，好好过日子。"

李凡说完之后，大家都陷入了沉思。宿舍里寂静无声，时间仿佛凝固了。

梁俊华带头鼓掌，随后爆发了一阵热烈的掌声。

春节悄悄来临了，大街小巷热闹非凡。

一大早，凤凰派出所的马小林所长就交给姚伊娜一项任务——挂灯笼。姚伊娜带着流动人口管理办公室的两个人，一会儿就干完了活儿。

马小林看后，满意地说："嗯，不错，女孩子干活儿就是漂亮！"

姚伊娜蹦蹦跳跳地跑回办公室，看见吴国辉正坐在电脑前抽烟。

姚伊娜说："师父，遇到烦心事儿了吗？"

吴国辉捻灭了手中的烟，说："没有。前几天，李凡戒完毒出所了。我在想，应该帮他找个可靠的工作，免得他又和以前那帮人搅和在一起。"

姚伊娜歪着头，忽闪着一双可爱的大眼睛，说："师父，让他到啤酒厂洗酒瓶去吧。前几天，我们帮啤酒厂处理矛盾纠纷的时候，那个老板不是说缺几个打工的吗？"

吴国辉想了一下，说："我估计他不去……工资有点儿低，活儿还累。"

姚伊娜说："轻松的地方，人家也不要他那样的。"

吴国辉点了点头，说："也是啊！"

接着，他话锋一转："你今年多大了？"

姚伊娜十分纳闷地看着吴国辉，说："师父，咱们不是在说李凡嘛，您怎么突然关心起我的年龄来了？我今年二十六岁了。"

吴国辉像是在自言自语："这么说，过完年就二十七岁了。"

姚伊娜哈哈大笑着说:"师父,您好奇怪呀,居然在练习这么简单的加法!"

吴国辉板起脸,一本正经地说:"二十七岁,你该找对象啦!"

姚伊娜一愣,旋即噘起嘴说:"不,我不想嫁。"

吴国辉点燃一根烟,抽了一口,说:"真是个傻丫头,净说傻话!女孩子到了年龄,就该出嫁。俗话说:女大不中留,留来留去结冤仇。"

姚伊娜不在乎吴国辉的话,平静地说:"现在这样不是挺好嘛!"

吴国辉摇了摇头,耐心地说:"我比你大十岁。作为过来人,我比你有经验。好的姻缘……一旦错过了,就不会再来。"

姚伊娜说:"我真的不想嫁人,就想这样守着师父过一辈子。"

吴国辉哈哈大笑着说:"别冒傻气!师父有自己的家……你呢?"

姚伊娜说:"这样不好吗?"

吴国辉说:"当然不好了。你爸妈不在你身边,我作为师父,应该为你多操点儿心。毕竟,咱们男女有别,要避开流言蜚语。"

姚伊娜说:"这些真的那么重要吗?"

吴国辉吸了一口烟,长长地舒了一口气,认真地说:"的确很重要。人言可畏啊!我们又不是活在真空里,当然不能不顾及流言。说实话,一开始所长让我带你的时候,我是反对的。我告诉所长,女徒弟不好带,时间长了容易引起不必要的麻烦。但是,马所长却说,这是政治任务,必须带。"

姚伊娜低头不语。

吴国辉接着说:"我们都是成年人,共事两年了。我喜欢你这个徒弟,但仅仅是兄妹之间的那种喜欢。至于你是怎么想的,我不得而知。不过,我得明确告诉你,你可以喜欢我,但是不能产生爱——爱情的爱。我们应该理智地对待感情问题,不能再往下发展。所以,我必须给你找个对象。"

姚伊娜心中充满了委屈,鼻子一酸,两行热泪顺着脸庞滑落下来。

吴国辉并没有去安慰她,而是继续说:"我的一个女同学叫杨园园,在教育系统工作多年,是个中学校长。我早就和她沟通过了,她答应帮忙。最近,她帮你看好了一个对象,是教育局的一个副科长,比你大一岁。小伙子的家庭背景不错,叔叔是咱们市局的处长。明天你去见见吧,回头我把见面的地方用微信发给你。"

姚伊娜噘着嘴说:"不见!"

吴国辉和蔼地微笑着说:"不许胡闹!必须见,这是命令!"

姚伊娜不再接吴国辉的话茬儿,低头忙起了自己的工作。

说归说,闹归闹,姚伊娜还是遵照师父的安排,在周六的晚上与对方见了一面。

姚伊娜提前十五分钟到达了见面的咖啡馆,想先偷偷地观察一下。如果对方太丑或者流里流气,她就干脆不见了,免得尴尬。

小伙子如约而至,四处张望着。他一米七五的个头儿,略显单薄,长着一张娃娃脸,皮肤白皙,透着成熟和些许可爱。感觉还可以!于是,姚伊娜决定留下来和他交流。

趁对方和服务员说话之际，姚伊娜偷偷地溜了出去。接着，她大摇大摆地推门而入，大大方方地走到小伙子面前，问："你是杨园园校长介绍的那个马忠吗？"

小伙子一下子反应过来，忙点头称是。

姚伊娜坐下后，主动进行了自我介绍。马忠有点儿腼腆，偷偷地瞄了一眼姚伊娜，端起咖啡杯喝了起来。

看着眼前的姚伊娜，扎着一束马尾辫，皮肤白里透红，高挑的身材，笑容甜美，马忠不由得喜欢起来。

难道这就是一见钟情？

他说："我喜欢警察这个职业。"

这个开场白引起了姚伊娜的兴趣，但她还是故作淡定地"嗯"了一声。

马忠说："其实，我们每个人都有一个英雄梦。我小时候很喜欢看战争片，革命前辈的事迹很让我感动。解放军发起冲锋的时候，我心里万分激动，甚至有冲上去参加战斗的冲动。"

姚伊娜眼睛里放着光，说："是啊，我小时候也有这种经历！"

马忠说："高考的时候，我的志愿是军校。因为视力不过关，我没能如愿。后来，我进入了教师队伍。"

姚伊娜说："教师这个职业也挺好，一年有两个假期，没有那么大压力。"

马忠说："你看到的只是表象，我们的压力也不小。现在的小孩子脆弱得不得了，一点儿都不好带。我当班主任的时候，有一个男孩子特别调皮，上课时经常拉着身边的同学说话。我请他的家长来学校，家长慷慨激昂地说：'老师，孩子交给您，不听话，您就骂。再调皮，您就打。有啥事，算我的。'结果呢，五年级的小学生，我就批评了他几句……你猜怎么着，他居然瞪了我一眼。于是，我就罚他站了一会儿。这下可捅了马蜂窝，他的家长跑到学校里闹，说我体罚孩子。我实在气不过，和家长吵了一架。最后，我被迫离开了教师岗位。"

姚伊娜叹了一口气，说："看来，干哪一行都不容易啊！"

毕竟都是年轻人，聊起社会现象和社会问题，有许多共同语言。不知不觉到了晚上十点，姚伊娜一看表，猛地想起还有一份材料要整理，便起身告辞。

马忠恋恋不舍地挽留道："咱们去吃点儿夜宵吧。"

姚伊娜说："改天吧。太晚了，明天我还要值班。"说完，她便转身离开了。

马忠连忙说："有空再约！"姚伊娜走后，他叫来服务员，准备买单。

服务员说："刚才那位姑娘已经买过了。"

"哪位姑娘？"马忠随口问道，脑子似乎"短路"了。

服务员抿着嘴笑了起来，说："当然是和你在一起的那位姑娘啦！"

马忠又问："她是什么时候买的单？"

服务员说："她去卫生间的时候，顺手把单买了。"

马忠抱起座位上的羽绒服，边走边想："什么意思呀？她不喜欢我吗？刚才聊得那么好，她怎么说走就走了？第一次约会，居然让女孩子买单，实在是太不好意思了。"

大年三十那天的中午，李建国扯着李凡的耳朵，把他从被窝里拖了出来："凡凡，别睡了，都中午啦！你看，人家把对联都贴好了，咱们的对联还没贴呢，快来帮我贴！"

李凡揉着惺忪的睡眼，极不情愿地来到了院子里。

李建国思考了一会儿，忍不住问："凡凡，你是不是又和以前那帮人凑到一起了？"

李凡说："嗯，啊……没有，没有。"

李建国生气地问："到底有没有啊？咱们可说好了，你可不能再走老路啊！我年龄大了，管不了你。吴警官对你那么用心……你就争点儿气，好吗？"

李凡不耐烦地说："爷爷，您想到哪儿去了！真的没有！昨天，我的一个朋友结婚，我去帮忙，回来晚了。"

李建国不再说什么，拿出了对联。

于是，李凡赶紧帮忙贴对联。

看着大门上红艳艳的对联，李建国若有所思地说："凡凡啊，你都三十三岁了，该找个对象成家了。"李凡胡乱地应付着，不置可否。

李建国接着说："凡凡，你别总是一副不耐烦的样子。你看咱们村，哪家没盖新房？和你年龄相仿的人，哪个没结婚？别嫌爷爷唠叨！等开春了，咱们用我那点儿征地补偿款把这房子翻修一下。对了，过年你姐回来时，我让她给你张罗个对象。"

李凡笑着说："行，爷爷，什么都听您的。"说着，他走上前去，准备搀着爷爷回屋。

此时，从坡下急匆匆地走来了李国庆和他的两个孙子李浩天、李浩生。

李凡笑嘻嘻地说："爷爷，他们这么早就赶过来给您拜年了！咦，他们怎么好像气呼呼的？"

李建国"哼"了一声，说："他们是黄鼠狼给鸡拜年——没安好心！"

李凡满不在乎地说："这些年，我们和二爷爷他们基本上没有来往。大过年的，他们至于跑过来闹事吗？"

李建国气哼哼地说："不就是为了那点儿征地补偿款嘛！"

说着，李国庆他们祖孙三人来到了李建国跟前。李浩天、李浩生像两个打手一样站在李国庆旁边。

李国庆的脸上掠过一丝为难的表情："哥，咱们不是说好了一起到村委会把字签了嘛！年前，咱们各自把征地补偿款领出来……你为啥不去签字？"

李建国生气地说："你还好意思问我？你觉得那样分配合适吗？十万块钱的补偿款，凭什么你拿六万，我拿四万？"

李国庆说："那天，我不是告诉你了嘛！当初，我照顾咱们爹妈多一些。我给两位老人养老送终，理应多分一些。"

李建国气愤地说："当初，要不是我和你嫂子没白天没黑夜地挣钱，从牙缝里挤出钱来给你盖房子、娶媳妇，你就得打一辈子光棍儿！我付出了那么多……你照顾爹妈多一些，那是应该的……你这个忘恩负义的东西！"

李国庆被问得哑口无言，脸红一阵白一阵的。

李浩天皮笑肉不笑地说："大爷爷，我们好好对您说话，您别为老不尊啊！"

李建国忍不住骂了起来:"小兔崽子,我是你爷爷!我不但骂你,还打你呢!"说着,他就想打李浩天。但是,他毕竟是七十多岁的老人了,举起的巴掌落了下来,只推了李浩天一下。

不料,李浩天暗中使坏,在李建国推他的一瞬间绷紧了身子,猛地用力往前一挺,把李建国撞了个趔趄,险些摔倒。

李凡急忙上前扶住爷爷,一脸怒气地对李浩天说:"对老人家客气点儿!暗中使坏的事儿,谁都能看透!"

李浩生淡淡地说:"我们今天是来解决问题的,你们别无理取闹!"

李建国骂道:"你这个小畜生!大过年的,明明是你们跑到我这儿来闹,还倒打一耙!"

莽汉一般的李浩天刚要骂人,就被"笑面虎"李浩生拦住了。李浩生笑嘻嘻地说:"大爷爷,您老糊涂了,我们不怨您!不会是有人暗中撺掇您,想多要些钱,去抽、去赌吧?"

被激怒了的李凡刚想把这个比他小五岁的堂弟骂一顿,就见李国庆抬脚踢了李浩生的屁股一下。

李国庆吼道:"有事说事,别扯远了!"

李浩天皮笑肉不笑地说:"爷爷,我弟弟说的对啊!肯定有人在背后撺掇!"

李凡更生气了:"我自始至终就没参与这件事,也不愿意管你们这些破事儿。你们真是一帮无赖啊!"

李浩天、李浩生逼近李凡,说:"你这个大烟鬼,还治不了你了!"

李凡的伤疤被揭开了。他愤怒到了极点,抬手打了李浩天一巴掌。接着，兄弟三人打作了一团。

李国庆怒吼道："别打了！别打了！"

三个年轻人根本没理他，继续扭打着。

李建国气得浑身哆嗦，指着李国庆说："瞧你干的好事！"

李国庆喃喃地说："是这两个小兔崽子让我来的！"

李建国用颤抖的手拨通了姚伊娜的电话。

值班的姚伊娜和张韦赶到现场的时候，李浩天和李浩生正在把李凡摁在地上拳打脚踢。张韦一个箭步冲上前去，拽开了李浩天。姚伊娜也跑过去，拉住了李浩生。李凡从地上爬起来，向屋里跑去。

这时，姚伊娜走到李建国跟前说："李爷爷，这是怎么回事？"

李建国浑身哆嗦，老泪纵横。他指着李国庆说："我这个混账弟弟，带着孙子来闹事儿了。"

李国庆嘟囔着："我的两个孙子，一大早就找我要钱。他们知道我的征地补偿款该到账了，就追着我要钱。无奈之下，我就过来问问，谁承想他们竟然打起来了。"

姚伊娜看了看李浩天和李浩生，气愤地说："大过年的，你们就不能安生一些？"

李浩天满不在乎地说："我们带着爷爷来要自己的那份钱，有错吗？"

姚伊娜走到李浩天跟前，压低了嗓门儿说："别以为我不知道！我听说，你们兄弟俩最近又赌输了。希望你们不要把爷爷的养老钱搭进去！"

李浩天刚想说什么，只听院子里"哐当"一声。李凡拿着菜刀从厨房里冲出来，猛地把厨房门甩了一下。

张韦一步跨到门口，双手抱住李凡的腰，将李凡拦住了。姚伊娜急忙冲上去，想夺下李凡手中的菜刀。

院门外，李浩天和李浩生拉着爷爷李国庆后退了几步。

李建国大声吼道："凡凡，不许犯浑！"

李凡用手背抹了一下刚流出的鼻血，大声说道："爷爷，您别管了！今天我把这两个畜生杀了，以后您就能过上安稳日子了！"

李建国流着泪说："你们都是我的亲人，我希望你们都能平安！你们都好了，我就能过上安稳日子了！别胡闹！"

李国庆也跟着说："凡凡，他们两个人打你，是他们不对。我会替你出气的，你先把菜刀放下！"说着，泪水顺着他的脸庞直往下落。

姚伊娜双手紧紧地拉住李凡持刀的手臂，安慰道："李凡，别冲动啊！放下菜刀，有话好好说！"

李凡的情绪慢慢地稳定了下来。谁知，院门外的李浩生冷冷地说："怕什么，借他个胆也不敢，才出来几天啊！这可是当着警察的面持刀行凶，他又想进去吧！"

这话彻底激怒了李凡。他奋力甩开姚伊娜和张韦，跃过门槛，直奔李浩生而去。

见李凡已经失去了理智，张韦急忙上前阻拦。他再次抱住李凡的腰，大声喊道："李凡，不要胡闹！"

姚伊娜见状，赶紧过来帮忙。她死死地攥住李凡手中菜刀的刀柄，想要夺下来。

李凡激烈地挣扎着，一心想要挥刀砍死李浩生，根本没有注意到姚伊娜。他不停地挥舞着菜刀，带动着姚伊娜的身体来回摇晃。

这时，张韦猛地一用力，把李凡抱离了地面。他想把李凡摔倒在地，遭到了李凡强烈的反抗。

三个人较劲的过程中，张韦、李凡和姚伊娜同时倒在地上。

只听姚伊娜"啊"了一声，一切戛然而止。

时间仿佛停止了，大家傻傻地看着倒在地上的三个人。

几秒钟后，张韦最早起身，将李凡压在地上，迅速地给李凡戴上了手铐。

姚伊娜站起身来，拍了拍身上的土。她的右手紧紧地攥着菜刀，虎口处鲜血直流。

张韦忙问："姐，你受伤了？"

姚伊娜向他使了个眼色，意思是不要声张。她压低了声音说："小声点儿！没什么！"

张韦轻轻地从姚伊娜手中抽出了菜刀。他见刀口很深，血止不住地往外流，便急忙喊来了司机："快，开车上医院！"

大年三十那天的午后，乌云遮住了天空，一场大雪即将来临。

吴国辉他们一家三口拎着大包小包来到了刘淑慧的父母家门口。八岁的儿子吴子涵敲着门，大声喊道："姥爷、姥姥，快开门！"

"来啦，来啦！"满头银发的刘英笑呵呵地打开了门。

吴子涵一下子扑到刘英的怀里，大声问道："姥爷，您想我了没有？"

刘英笑着说："想了。这么乖的外孙子，谁能不想呢?"

姥姥笑着用手指轻轻地在吴子涵的额头上点了一下，说："你这个鬼精灵，明明是你想姥爷了，还问姥爷想不想你!"姥姥的话惹得大家哈哈大笑起来。

吴子涵开心地说："今年过年，我爸不值班，和我们一起看春晚。"

刘英回头看了看吴国辉，说："连续三年都是你除夕值班，今年终于错开了，不容易啊!"

吴国辉说："是啊! 说来说去，其实哪天值班都一样啊!"

刘淑慧白了吴国辉一眼，说："不一样。除夕夜吃的是团圆饭，意义不一样。"

正说着，吴国辉的手机铃声响了起来。电话是所长马小林打来的，简单地说了一下姚伊娜出警受伤的事情。吴国辉一听，急了："伤到哪里了? 没事儿吧?"

马小林说："别紧张，伤得不严重，右手虎口缝了五针。你马上回来吧，处理一下李凡的事情。局领导要求咱们立即对违法行为人李凡、李浩天、李浩生依法行政拘留，然后再进一步处理。"

吴国辉点头答应着，挂断了电话，然后充满歉意地看着大家。刘英说："单位有事儿，你就去吧，早去早回!"

吴子涵一下子就拉下脸，眼眶里充满了委屈的泪水。刘淑慧过来搂住他，说："爸爸临时有事……现在才下午……春晚开始前，他一定能赶回来。"

吴子涵抬头看着吴国辉，说："爸爸，是真的吗?"

吴国辉点了点头，说："真的，一会儿就回来了。"

于是，吴子涵破涕为笑。

吴国辉出门时，妻子跟了出来。

吴国辉笑着说："不用送，我去去就来。"

刘淑慧陪着他走到车跟前，说："有句话，我觉得还是有必要提醒你一下……男女有别。感情的事儿，一旦陷进去，就不容易拔出来。"

吴国辉没有听懂她说的话："啥意思？"

刘淑慧说："你是真的没有察觉呢，还是在装糊涂？"

吴国辉不解地说："什么事儿，你直说吧！"

刘淑慧说："难道你真的没有察觉？自从你带了那个女徒弟，连家都不愿意回了。你时常加班，真的有那么多任务吗？看看你刚才的表现，一听说姚伊娜受伤了，急得差点儿跳起来。你难道不觉得自己的反应有些过激吗？"

吴国辉愣了一下，随即搂住刘淑慧的肩膀，说："老婆，你想多了。我和她之间什么都不会发生，也不可能发生。人家姚伊娜是个未出嫁的小姑娘，咱们可不能坏了人家的名声。"

刘淑慧喃喃地说："我想多了吗？"

吴国辉拉开车门，坐到驾驶座上，说："老婆，我心里只有你，一生一世不会改变。"说着，他发动了汽车。

刘淑慧独自一人站在那里发呆。

吴国辉驾车来到医院，急匆匆地跑进了医生的办公室，只见姚伊娜正在和医生争论。医生让她留院观察两天，她说自己只受了一点儿皮外伤，没什么好观察的。

看到吴国辉进来了，姚伊娜急忙走过去，噘着嘴说："师父，带我回去吧！"

吴国辉说："我先听听医生的意见。"

医生说："我建议留院观察。实在要走，就在这里签个字吧。"说完，医生就把病例推到了吴国辉面前。

姚伊娜大大咧咧地说："我签，我签！"这时，她才反应过来，自己右手受了伤，无法签字。随即，她拉着吴国辉的手，撒娇地说："师父，您帮我签……我实在不愿意在医院这种地方过夜。"

吴国辉认真地问医生："不听您的话，会有什么后果呢？"

医生说："后果嘛，主要是感染。"

吴国辉说："噢，这点儿常识我们还是有的……我帮她签字吧。"

姚伊娜高兴地跳了起来，拉着吴国辉的手说："师父，您真好！"

这时，吴国辉猛然想起了妻子的话，连忙松开姚伊娜的手，一脸严肃地说："回去……是为了尽快处理李凡等人的事情。你的伤……还是要注意的。"

姚伊娜啪地一下立正站好，说："遵命！"随即，她哈哈大笑起来。

医生摇着头说："这个小姑娘，真皮实啊，是个当警察的好材料！"

吴国辉和姚伊娜回到派出所的时候，李建国和孙女李萍正在派出所的院子里急得团团转。李建国看见吴国辉和姚伊娜之后，连忙拄着拐杖向他们走了过来。

姚伊娜看见李建国，跑过去说："李爷爷，您怎么来了？"

李建国哭丧着脸说："凡凡那个臭小子把你弄伤了，听说要拘留他。爷爷对不起你呀！你能不能在领导面前说说好话，先把凡凡放回去，让他在家陪我过个年……求你了。"说着，他就要跪下。

吴国辉一把扶住李建国，说："李爷爷，别这样，我们会尽力帮您。"

李萍走过来，眼神坚毅地说："吴警官、姚警官，我弟弟是什么样的人，我最清楚。看在我爷爷这么大年龄的分儿上，就让他回家过年吧！年后，该怎么处理就怎么处理。"

姚伊娜在李建国家见过一次李萍，知道她是小学老师，但是没有和她交流过。听她干脆利索地说了这些话，姚伊娜动了恻隐之心："放心吧，我去跟领导说。"

李建国感激得老泪纵横。

一年的最后一天即将结束，天空渐渐地暗了下来。人们终于按捺不住激动的心情，放起了鞭炮，庆祝新年的到来。

派出所的会议室里，汪晨副局长语气坚定地说："对于这种袭警的风气，不能惯着，要坚决处理！"

姚伊娜说："汪局，我是现场处置人，也是受害者，最有发言权。李凡当时就是一时冲动，真的只是想吓唬吓唬对方。您想想，他被李浩天、李浩生那哥儿俩摁在地上拳打脚踢的时候，肯定很生气，这是可以理解的。至于我的伤……是因为急于夺刀，不小心误伤了。"

汪副局长坚持自己的意见:"那也是李凡的错!你和张韦两个人都拦不住他……他也太嚣张了,应该严肃处理!"

姚伊娜耐心地解释道:"汪局,您说的没错,应该严肃处理……惩前毖后、治病救人。不过,我们也要惩戒与教育相结合,宽严相济……执法的本意还是教育人、挽救人嘛!李凡刚从戒毒所出来……老人家渴望和孙子一起过团圆年,这种心情您能理解吧。通过亲情感化人,也是一种挽救和教育呀!汪局,我觉得咱们应该给李凡一次机会。"

汪晨说:"姚伊娜同志,你的工作,我是绝对支持的。但是,我怕此事处理不好,会后患无穷啊!"

姚伊娜说:"汪局,我非常理解您的心情。咱们现在从当事人的角度来说,大过年的,被拘留了,心情得有多差啊!李凡、李浩天、李浩生这三个人本质上并不是罪大恶极,还有挽救的机会。"

所长马小林笑了起来,说:"真是个傻丫头!缝了五针,居然还说伤不重!"

汪副局长思考了一会儿,说:"好吧,既然姚伊娜这么说,我也就不好再坚持了。这样吧,先让他回家过个年。年后,化解这场纠纷的任务就交给你们俩了。"

姚伊娜开心地笑了起来,说:"坚决完成任务!谢谢汪局!"

马小林微笑着说:"这丫头,是不是疯啦?"

吴国辉说:"姚伊娜是不忍心看着李建国老人一次次地为了李凡的事情伤心。一朝吸毒,终身戒毒。爷爷明知道李凡会一次次地让他失望,却始终没有放弃。希望李凡能明白爷爷的苦心!"

汪副局长临出门时,对马小林说:"放人可以,让他的家人写份担保书吧。"

李萍趴在姚伊娜的办公桌上，认真地写完担保书，交给了吴国辉："吴警官，您看可以吗?"

吴国辉看了一下担保书，然后走到隔壁的办公室，把它交给了主办案件的张韦。张韦从头到尾仔细地看了一遍，说："可以了。"

出门时，李建国冲着姚伊娜不停地说着感谢的话。

姚伊娜大大咧咧地说："李爷爷，您就别客气啦!"

第二章　风波再起

除夕夜，春晚刚刚开始的时候，吴国辉回到了岳父刘英家。吴子涵兴奋地投入了吴国辉的怀抱，两个人一边看晚会，一边说说笑笑。刘淑慧那颗悬着的心终于放了下来，心中暗想：或许他和那个女徒弟真的没什么事儿，但还是要防止他们日久生情。

夜色渐浓，李建国回到家中，急忙打开火炉，说："萍萍啊，冻坏了吧，快来烤烤火！"

李萍摆了摆手，说："爷爷，您不用操心，我好着呢！我来和面，咱们包饺子吧！"说着，她便端起盆去和面了。

李凡瓮声瓮气地说："姐，你回去吧，我姐夫已经打过几次电话了。外甥还小，哭着要找你呢！"

李萍看了李凡一眼，没好气地说："知道这些，你就不应该惹事！"

李凡不服气地说："人家找上门来了，你让我咋办？"

李萍张了张嘴，最后还是把话咽了回去。她心里明白，李浩天、李浩生这两个堂弟本来就不是什么省油的灯，再加上不明事理的李国庆爷爷在其中搅和，不乱成一锅粥才怪呢！

不一会儿，李萍就和好了面，并且拌好了饺子馅儿。她利索地擦干净案板，拿出了擀面杖。

李建国抬头看了看墙上的挂钟，说："萍萍，太晚了，你回去吧。剩下的活儿，我们俩干。"

李萍抬头看了看李凡。李凡憨憨地一笑，点了点头。

新年的钟声敲响了，新的一年来临了。姚伊娜坐在办公室里，抚摸着受伤的手，反复思考着第二天回张掖见到爸爸、妈妈、爷爷、奶奶，该怎么解释自己受的伤。应该找个什么样的理由，才能不让他们担心呢？

她正想着，有人推开门，说："饺子来啦！"

姚伊娜见进来的人是马忠，不禁好奇地问："你怎么来了？"

马忠微笑着说："我给咱们辛勤工作的人民警察送饺子来了！"

姚伊娜"扑哧"一声笑了起来："肯定是我师父那个'大嘴巴'告诉你的。"

自从上次被师父逼着和马忠见了一面，姚伊娜就没再见过马忠，或许是因为年底大家都忙吧。说实话，马忠还算是个不错的小伙子，家庭背景不错，又是个副科长，个头也还行。但是，谁也撼动不了师父吴国辉在姚伊娜心目中的男神地位。她努力改变自己，尝试着去接受马忠，但实在是太难了。马忠给她打过几次电话，她思来想去，还是拒绝了马忠和她见面的请求。没想到，马忠居然在除夕夜提着饺子走进了她的办公室，着实让她感动了一下。

马忠凑到她跟前，说："听说，你受伤了。让我看看，伤到哪里了？"

姚伊娜后退了一步，撇了撇嘴，说："没什么，受了一点儿皮外伤。师父怎么这么多嘴呢?"

马忠说:"你冤枉吴警官了。不是他告诉我的,是我叔叔跟我说的。"

姚伊娜不由得感叹道:"真是好事不出门,坏事传千里呀!"

马忠说:"今晚,碰巧我叔叔和你们汪局通了电话。汪局说,他正在处理凤凰派出所一名女警察受伤的事儿。我叔叔多问了一句,就知道是你了。"

姚伊娜"哦"了一声,没有再说什么。

马忠打开饭盒,说:"来,趁热吃吧!"

姚伊娜用左手攥着筷子,把饺子送到嘴里,连声称赞道:"嗯,好吃! 好吃! 你包的?"

马忠连忙摇头,说:"不,是从饭店买来的。我帮你吧,你左手拿筷子不方便!"说着,他就要喂姚伊娜吃饺子。

姚伊娜看了马忠一眼,心想,咱们还没到那一步呢! 她急忙后退,说道:"不用,我自己可以!"

马忠看着姚伊娜大口地吃着饺子,心里乐开了花,嘴角不自觉地开始上扬。眼尖的姚伊娜误以为对方在笑自己,连忙说:"我的吃相太狼狈了,让你见笑了!"

马忠摆了摆手,说:"不不不,绝对不是! 你这么喜欢吃我带来的饺子,我发自内心地欢喜!"

姚伊娜点了点头,说:"谁能抵得住美食的诱惑呢?"

两个人正聊得开心,马忠的手机铃声响了起来。马忠拿起手机一看,是杨园园打来的电话,赶紧站起身来,说:"对不起,我接个电话。"

姚伊娜说："别这么客气，请便吧！"

马忠走到楼道里，按下手机的接听键，立刻传来了杨园园委屈的哭声。马忠轻声说："姐，大过年的，这是咋了？"

杨园园说："你在哪里？"

马忠说："我和对象在一起。"

杨园园说："就是那个小女警？"

马忠"嗯"了一声。

杨园园叹了一口气，说："你们都成双成对的，把我一个人撂在这里，没人管，也没人问。"

马忠有些纳闷地问："姐夫呢？大过年的，他不陪你，干吗去了？"

杨园园一肚子委屈地说："他呀，估计是嫌我人老珠黄了，刚吃完年夜饭就被几个朋友叫去打麻将了。"

马忠说："姐，你还不到四十岁，正当年，可不能说自己老了！姐夫有可能就是贪玩，出去耍了。"

杨园园破涕为笑，说："正当年？哈哈哈……"

马忠不解地问："笑什么？"

杨园园说："你陪我吧！"

马忠说："这……"

杨园园不容置疑地说："你在哪里？我开车去接你！"

打完电话，马忠回到了姚伊娜的办公室。这时，姚伊娜正在接李建国打来的电话："李爷爷，别急啊，我一会儿就到！"

姚伊娜挂断了电话，转身对刚进门的马忠说："对不起，我要出去一趟。你先回去吧！"

马忠恋恋不舍地说："太可惜了，本来打算陪你守岁呢！要去办案吗？"

姚伊娜说："嗯，有个案件的线索要核实。以后，我们在一起的机会多着呢！"

马忠关心地问："你手上有伤，怎么去？"

姚伊娜笑了起来："我不是一个人出去，是和同事一起出去。安全方面，你就不用操心了。"说着，她走出办公室，冲着楼道尽头的房间喊道："小王，走，咱们出去一趟！"

司机小王从门缝里伸出头来，嘿嘿一笑，说："姚警官，这大过年的，出去干吗？"

姚伊娜没好气地说："出去肯定是有事儿啊！"

小王说："你刚受了伤，要不要跟所长说一下？"

姚伊娜想了想，说："算了。估计马所刚睡下，就别打扰他了。咱们俩去，应该没啥问题。快点儿，我在楼下等你！"说完，她便和马忠一起向楼下走去。

送走姚伊娜之后，马忠快步走出了凤凰派出所。他沿着派出所门前的人行道慢悠悠地往前走着，想起了刚才姚伊娜吃饺子的情景。马忠觉得，自己和姚伊娜之间的距离越来越近了。就在他憧憬未来的时候，脑海中突然掠过了杨园园的身影，不由得忐忑不安起来。

马忠和杨园园的相遇，纯属偶然。暑假期间，教育局组织各学校的负责人进行集训，地点是兴隆山。作为这次活动的负责人和组织者，马忠把集训安排得丰富多彩，既提高了大家的业务能力，又增强了彼此之间的友谊。十几天的集训，转眼间就要结束了。最后一天晚上，马忠安排了一场别开生面的篝火晚会。大家吃着烧烤，喝着啤酒，欣赏着别出心裁的节目，兴奋极了。在大家微醺之时，马忠带头跳起了"锅庄舞"，把整个晚会推向了高潮。酒过三巡，又跳了"锅庄舞"，马忠顿时觉得胃里翻江倒海起来。他刚要跑开，就听见旁边有人大声问："怎么了？"

马忠回头一看，发现问话的人正是凤凰中学的校长杨园园。他一边跑，一边摆着手，说："杨校长，不用管我！我喝多了，去去就来！"为了不在大家面前出丑，马忠跑到了很远的一个树丛中，干呕起来。虽然什么也没吐出来，但是他觉得胃里舒服了一些。软软的草地散发出淡淡的清香，马忠干脆四仰八叉地躺在了上面。

这时，一个人影忽地闪了过来，吓了马忠一跳。

他猛地坐了起来，问："谁？"

"还能有谁，是我呀！"杨园园气喘吁吁地说。

"是杨校长啊！"马忠说着，又躺了下去。

杨园园凑过来，说："你跑那么快干啥，害得我追了半天！"

马忠满怀歉意地说："对不起，我实在是不想在大家面前出丑。"

杨园园挨着马忠坐下，说："喝多了，吐了，很正常啊！我也喝醉过，也吐过。"

马忠说："可是，我心里接受不了。"

杨园园微笑着说："你还是太年轻了，太在意自己的形象了！"

马忠摇了摇头，不再说什么。

这时，一轮明月冉冉地升了起来，如少女的脸庞，羞涩中带着美丽。

杨园园双手抱膝，对马忠说："你看，多美的月亮啊！"

马忠说："嗯，真的很美！下个月就要过中秋节了，时间过得真快啊！"

杨园园说："是啊！两周的培训，眨眼间就过去了。真舍不得和你们分开！"

马忠说："这样的培训每年都有啊！"

杨园园淡淡地说："还要等一年，时间太长了！我真的很喜欢和你在一起！"

马忠笑着说："我有那么大的魅力吗？"

杨园园自知失言，却不想失去这难得的表白机会："你的风趣幽默征服了我！你年轻帅气，工作能力强，我喜欢你这样的小弟弟！"

马忠第一次被女人这么毫不吝啬地夸奖，不由得心花怒放。他假装矜持，谦虚地说："哪有啊……"

虽然正值酷暑天气，但是海拔两千四百米的兴隆山上却凉爽宜人，夜里甚至会感觉有些冷。

一阵凉风吹来，带着潮气。马忠一激灵，连忙站起身来，说："咱们回去吧，这里有点儿凉！"

杨园园依旧坐在草地上，说："我喜欢在月光下聊天，感觉浪漫、温馨……再坐一会儿吧！"

马忠说："太晚了，当心着凉！"说着，他伸了个懒腰。

杨园园伸出手来，说："拉我起来！"

马忠抓住杨园园的手，猛地一使劲儿，想把她拉起来。也许是因为喝了酒，杨园园刚要站起来，就重心不稳，朝马忠压了过去。马忠实在是猝不及防，一下子倒在了草地上。

杨园园压在马忠身上，两个人紧紧地贴在了一起。

杨园园赶忙道歉："不好意思，没站稳！"说着，她羞涩而又慌乱地从马忠身上爬了起来。

马忠从未如此近距离地接触女性的身体，感觉一团烈火在身体里燃烧了起来。

杨园园关切地问："摔疼了吗？"

马忠站起身来，拍了拍屁股，说："没事儿！"

杨园园双手抓住马忠的左臂，说："我有点儿头晕，你搀着我走吧！"

马忠说："好。"

杨园园越走越无力，整个人都贴在了马忠的左臂上。

走着走着，杨园园抬起头来，问道："马忠，你热吗？"

马忠有些慌乱地说："不热，不热！"

杨园园突然停下了脚步，和马忠面对面地站着。她仔细端详着马忠的额头，笑着说："傻瓜，你额头上的汗直往下流，还说不热呢！来，姐给你擦擦！"

说着，她便踮起脚跟，去擦马忠额头上的汗水。马忠低下头来，闻到了杨园园身上扑鼻的清香。马忠一阵眩晕，忍不住张开双臂，一把抱住了杨园园。

杨园园撒娇似的问："姐香吗？"

"香，真香！"马忠紧紧地抱着杨园园，无法自拔……

一束强光向马忠射过来，打断了他的回忆。杨园园把车停在马忠身边，摇下车窗，露出一张可爱的笑脸："上车！咱们俩一起守岁去！"

马忠上车之后，说："这样不太好吧！要是姐夫知道了……"

杨园园一边开车，一边摆了摆手，说："没事儿，谁知道那个老家伙干什么去了！他嘴上说是去打麻将……说不定投入了哪个女人的怀抱呢！"

马忠说："不会吧！姐这么漂亮，这么有韵味，他怎么会不喜欢呢？"

杨园园苦笑着说："我和那个老家伙，早就过了新鲜期，已经没啥感觉了。我估计，他早就找到新猎物了。"马忠默默地听着，什么也没说。

杨园园气愤地说："哼，他睡别人的老婆，我也让别人睡他的老婆！"

马忠惊讶地看着杨园园，说："姐，你……"

杨园园自知失言，随即改口说："你别多想，姐不是那种人！"

姚伊娜赶到李建国家的时候，李建国正拄着拐杖在门口张望。

姚伊娜跳下车，大声责怪起来："李爷爷，这么冷的天，您怎么在这里等我呢？"

李建国说："我心里像着了火一样，哪坐得住啊！"

"走，回屋说去！"说着，姚伊娜和司机小王一起把李建国搀到了屋里。

新年钟声响起的时候，李建国和孙子李凡一边喝酒，一边大口地吃着饺子。李建国夹起一个饺子，放到嘴里，嚼了几下，开心地说："萍萍调的饺子馅儿就是香。俗话说，饺子就酒，越吃越有。凡凡，快尝尝！"

李凡吞下了一个饺子，刚想说说自己的感受，手机铃声就响了起来。他看了一眼手机，说："爷爷，我姐打电话给你拜年了！"说着，他把手机递给了李建国。

老人开心地接着电话，不一会儿就把手机递给了李凡："你姐要跟你说话！"

李凡听了几句话，就不耐烦了："姐，你都说了多少遍了，我记下了！只学好，不学坏！你们当老师的是不是都爱唠叨？"

李建国瞪了他一眼，说："凡凡，不许这么跟你姐说话！为了你，为了咱们这个家，她把心都操碎了！"

李凡拿着手机，摆了个投降的姿势，惹得李建国哈哈大笑。

李凡对着手机说："姐，爷爷刚才说了，饺子就酒，越吃越有。"

电话的另一头传来了开心的笑声："别看爷爷没文化，他知道的典故比你多。有一首王安石的诗，是这样写的：'爆竹声中一岁除，春风送暖入屠苏。千门万户曈曈日，总把新桃换旧符。'这里面的'屠苏'就是咱们今天喝的酒。华佗认为，饺子和酒是不错的配伍，可以有效地预防冻伤。"

李凡说："姐，你说得太深奥了，我不懂！"

李萍假装嗔怪道："吃——你总会吧！"

李凡说："姐，别生气，吃是我的强项！"

电话里又传来了一阵笑声："贫嘴！"

说完，李萍挂断了电话。

吃完了饭，已经快到凌晨一点了。李建国说："凡凡，早点儿睡吧！明天还要早起，给亲戚们拜年呢！"

李凡"嗯"了一声。关灯时，他的手机铃声又响了起来。

李建国说："萍萍怎么又打电话了？"

李凡看了一眼手机，说："不是我姐，是我的一个朋友打来的电话。爷爷，您先睡吧！"说着，他便走到外面去接电话了。

李建国躺在暖暖的被窝里，很快就进入了梦乡。

梦中，李建国回到了年轻的时候。虽然一条腿不好使，但是他仍然勤奋地工作。生产队队长不停地夸他能干，他心里乐开了花。画面一转，他有了自己的桃园。从此，他像对待自己的孩子一样，侍弄那一株株桃树。春暖花开之时，凤凰山下十里桃花飘香。李建国过上了幸福的日子，从此有了奔头。画面一转，他正在桃园中把一个个硕大的桃子摘下来，装进筐里。在他身边，童年的李凡来回穿梭。李建国一把将爱孙揽入怀中，拿出了一个洗干净的大桃子。李凡接过桃子，大口大口地吃了起来。李建国慈祥地对李凡说："慢点儿吃，都是你的。"李凡不管不顾，大口地嚼着。突然，李凡大哭起来。李建国跑过去一看，桃子卡住了李凡的喉咙。他一把抱起李凡，让李凡趴在他的膝盖上。然后，他用力拍打李凡的后背。不一会儿，李凡就吐出了卡在喉咙里的东西。这时，童年的李凡突然变成了成年后的李凡。紧接着，传来"砰"的一声巨响，把李建国吓了一跳。他大声喊着："不过年不过节的，放什么鞭炮？"接着，他看见李凡的嘴角流出血来。"凡凡，你怎么了？"李建国纳闷儿地问。他走过去，发现李凡的后背上有一个洞，殷红的血从洞中流了出来。

刚才那一声巨响，难道是有人开枪？李凡倒在李建国的怀里，嘴里说着："爷爷，救我！"

"凡凡！凡凡！"李建国大声喊着，从梦中醒来了。他打开灯，揉了揉眼睛，看了看表，发现自己只睡了一个小时。这么短的时间，居然做了一场噩梦。他心慌意乱地冲着隔壁房间喊"李凡"，但是没有人回应。

他披上衣服，下了床，走到李凡的床前一看，没有人。床上的被子很整齐，说明李凡根本就没睡。他想起来了，临睡前，李凡好像接了一个电话。

"李凡会不会是被那帮狐朋狗友叫走了，干坏事去了？"想到这里，李建国吓得额头上直冒冷汗。他哆嗦着拿出老年手机，拨通了李凡的电话。可是，电话一直没人接听，后来干脆关机了。李建国急忙来到了隔壁房间，想看看李凡的摩托车还在不在。果然，摩托车不见了。李建国这下可慌了神儿，赶紧给姚伊娜打了个电话。

听完李建国的叙述，姚伊娜笑了起来："李爷爷，一个梦而已，不要放在心上。李凡有可能到好朋友那里去玩了，碰巧手机没电了。过年了，年轻人在一起守夜很正常。"

李建国摇了摇头，说："他刚从戒毒所出来，没有什么朋友。他肯定有什么事瞒着我！小姚警官，你一定要帮帮我！"

姚伊娜握住李建国的手，安慰道："李爷爷，您先别急，我一定帮您。不早了，您先去睡吧！有情况，我立即打电话通知您。"

那天晚上，李凡接到了朱二生的电话。朱二生在电话里说：

"凡娃，来吧！大过年的，哥送你个'包包'吃，不要钱。"

李凡知道，对方又在引诱自己吸毒。当初，就是这个朱二生一步步地把他引入了吸毒的泥潭。在戒毒所里，李凡发誓，一定想办法惩治一下这个坏蛋，让他不再祸害其他人。

李凡知道朱二生有个规矩，从来不让别人去他家。

有一次，闲聊的时候，朱二生一脸坏笑地对李凡说："毒品买卖啊，面对面地交易是最傻的，警察一抓一个准儿，并且是人赃俱获。要想安全，就必须动脑筋。要用现代化的工具——微信收钱！钱到手后，再告诉对方货藏在哪里。我就不明白了，那些被抓的傻瓜，脑袋是怎么长的？"

朱二生这只狡猾的狐狸，每次交易毒品都要变换场所。他藏毒品的位置，一般人很难猜出来。他有时候把毒品放在路边的垃圾桶下面，有时候把毒品放在公共厕所的墙缝里，有时候用胶带把毒品粘在过街天桥下面，花样繁多。在李凡的记忆中，和朱二生交易毒品的时候，从来没有在同一个地方取过两次货。

想到这里，李凡问："在哪里见面？"

朱二生连忙说："在我们村后面的马路上。"

李凡说："马路上不安全吧！"

朱二生哈哈大笑着说："有啥不安全？警察也要过年呀！来吧，那里安全得很！"

李凡爽快地答应了："十分钟以后见！"

为了不惊动爷爷，李凡蹑手蹑脚地打开隔壁的房门，推着摩托车走出了家门。

快到朱二生家所在的村子时，李凡脑子一转，突然改变了主意。他决定，先到朱二生家去看看，说不定会发现更多的证据。于是，他掉转车头，拐到了另一条路上。

朱二生家的大门上了锁，李凡只好趴在墙头上往里看，只见中间那个屋子里亮着灯。李凡看了一下表，刚到约定的时间，估计朱二生刚出门。这个老光棍儿，家里应该没人。

想到这里，李凡一个箭步跃上墙头，翻墙而入。到了院子里，他发现屋子的门没锁。他推开门，走了进去。房间里，炉火很旺，热烘烘的。一张破桌子上，摆着十来张五厘米见方的白纸。李凡扫了一眼，就知道那些纸是包毒品用的。桌子的内侧放着一个小塑料袋，装着花生米大小的一袋白色粉末，旁边的一张纸上堆着一些白色药片。李凡知道，那袋白色粉末是纯正的海洛因，估计是朱二生刚买回来的。至于那些药片，朱二生肯定打算把它们碾碎后掺到毒品里去，然后再重新包装，获得更高的利润。

李凡拿起那袋花生米大小的毒品，快速装进了自己的口袋。他正准备离去，又觉得不甘心，回过头来环视了一下房间，发现桌子上方的墙上挂着一个男式手提包。于是，他走过去，拿走了那个包。

第二天一大早，李凡就要把这袋毒品交给吴国辉。这可是朱二生犯罪的证据，说不定能把他送进监狱。想到这里，李凡偷偷地笑了起来："朱二生啊，朱二生，你也会被人算计呀！"

他开心地骑上摩托车，准备去找朱二生。摩托车刚驶出几十米，迎面就来了一辆汽车。对方没开远光灯，弄得李凡差一点儿撞上去。他刚要和他们理论，发现对面的汽车上坐着四个年轻人，赶忙闭上了嘴。

为了不暴露自己，李凡决定从村前出去，再绕到村后的马路上，与朱二生会合。他把摩托车往前开了几米，突然反应过来，刚才那辆车十分可疑。不会是朱二生使出了"钓鱼"这一招儿，想把他送进监狱吧！想到这里，李凡悄悄地把摩托车熄了火，放在路边，然后顺着那辆车的方向跑去。他穿过一个胡同，远远地看见刚才那辆车停在了村后的一户人家前面。那四个人下车后，径直朝村后走去，而在马路边上等着他们的正是朱二生。看到这里，李凡吓出了一身冷汗——这一定是个圈套！

春晚接近尾声了，当那首《难忘今宵》响起的时候，吴国辉起身和岳父、岳母告辞。妻子刘淑慧走进卧室，去叫吴子涵回家。睡梦中的吴子涵从被窝里伸出小手，摇了摇："我太困了！你们先回去吧，我在姥爷家睡！明天见！"说完，他拉上被子就睡了。

母亲李佳梅微笑着走过来，关上房门，回过头来对女儿刘淑慧说："让他在这里睡吧。"

刘淑慧觉得应该叮嘱一下，于是便轻轻地推开门，说："宝贝，你不能淘气啊！要听姥姥的话！"

吴子涵说："妈妈，我乖得很，别操心了！"

刘淑慧和母亲相视一笑，轻轻地关上了房门。

吴国辉搂着妻子的肩膀说："太晚了，走吧，让爸妈早点儿休息吧！"

回到家里，吴国辉往床上一躺就不想动了："这一天忙得够呛，累死我了！"

刘淑慧把洗脚水端进卧室，温柔地说："来，烫烫脚，既解乏又舒服！"

吴国辉闭着眼睛，懒洋洋地说："我不想洗，就想睡觉。"

刘淑慧说："那我就帮你洗吧！"

说着，她就要脱吴国辉的袜子。吴国辉见状，一骨碌爬起来，说："别别别，我自己来，我自己来！"

于是，他端起洗脚盆就往客厅里走。

刘淑慧说："就在这里洗吧，怎么把盆端走了？"

吴国辉说："我先洗脸，再洗脚。你要是累了，就先躺下吧！"

吴国辉洗漱完回来，妻子已经躺在被窝里，发出了均匀的呼吸声。他蹑手蹑脚地关掉床头灯，钻进了被窝。妻子一骨碌，钻到了他的怀里。

"你不是睡着了吗？"吴国辉笑着说。

刘淑慧说："逗你玩儿呢！"

吴国辉紧紧地搂着妻子，发自内心地感叹道："一年到头，也不知道你都忙了些啥！"

刘淑慧轻柔地摸着他的下巴，说："一旦忙起来，就不知道什么时候是个头儿了！"

吴国辉抚摸着刘淑慧柔软的秀发，说："没那么严重吧！"

刘淑慧说："谁知道呢！"

吴国辉说："大过年的，想点儿开心的事儿吧！"

刘淑慧说："哪来的开心事儿？"

这时候，吴国辉的手机铃声响了起来。吴国辉刚要伸手去摸电话，刘淑慧就一把拉回他的手，说："不许接，过一会儿再回过去！"

吴国辉低声说道:"你疯啦!"

刘淑慧甩了一下头发,笑眯眯地说:"我要疯狂一次!"

吴国辉给李凡回电话的时候,对方已经关机了。

刘淑慧轻声说:"估计没啥事,他就是想打电话给你拜个年。"

吴国辉若有所思地说:"我给他安排了任务,但应该不是在今晚。"

刘淑慧说:"老公,睡吧。他要是真有事儿,还会打过来的。"

两个人相拥着进入了梦乡。

不一会儿,吴国辉的手机铃声又响了起来。他迅速拿起手机一看,是姚伊娜打来的电话。

他刚按下接听键,就听到了姚伊娜急促的声音:"师父,快来,出事儿了!"

吴国辉问:"怎么了?"

姚伊娜说:"你快到李爷爷家来吧,到了就知道了!"

吴国辉忽地坐了起来。刘淑慧揉着惺忪的睡眼,带着一丝醋意说:"你的小徒弟又召唤你了!"

吴国辉嗔怪地瞪了妻子一眼,说:"别瞎说!估计又是那个李凡惹事了!"

刘淑慧吐了吐舌头,说:"那就快去吧!"

吴国辉踏入李建国家门的时候,姚伊娜和司机小王正在安慰李国庆。李国庆泪水涟涟,李建国坐在旁边唉声叹气。

吴国辉在心里嘀咕起来:"这老哥俩,下午刚吵翻了天,晚上咋就凑在一起过年了? 没见过好得这么快的! 我们姚伊娜化解矛盾纠纷的能力有那么强吗?"

李建国三步并作两步，一下子来到吴国辉面前，急促地说："吴警官，你一定要救救我们家那几个不争气的孙子呀！"说完，他就泣不成声了。

吴国辉轻轻地拍了拍李建国的肩膀，说："李爷爷，别哭，有话慢慢说！"

姚伊娜走过来，说："师父，我这是第二次来李爷爷家。"

吴国辉惊叫了起来："什么？你一直没睡？"

姚伊娜点了点头，说："嗯。第一次来，李爷爷说李凡不见了。李凡的确不见了，但是我没有发现什么异常，安慰了一下李爷爷就回去了。我刚回到派出所，李爷爷就打来电话，说李国庆的两个孙子闯祸了。这不，我又跑来了。"

吴国辉心疼地看着她，说："我的傻丫头啊！你的手下午刚受伤，这会儿应该好好卧床休息呀！张韦不在吗？"

姚伊娜听着师父暖心的话，感动得泪水在眼眶里打转。她突然想到还有那么多事情要处理，连忙控制住情绪，说："张韦带队去巡逻了。李爷爷直接给我打了电话，我就来了。"

吴国辉说："你呀，真傻！快说说，怎么回事？"

姚伊娜刚要开口说话，李国庆就抢着说："我先说！"

大年三十那天中午，李浩天和李浩生搀掇着李国庆去找李建国要征地补偿款。昏头昏脑的李国庆在什么都没弄明白的情况下，就被两个孙子搀扶到了李建国的家门口。

李浩天、李浩生这两个天生的惹祸精，一言不合就和李凡打了起来。后来，李凡拿刀把姚伊娜的手划伤了。值班民警要先处理李凡袭警的事情，没时间处理李浩天他们哥俩，就让他们在家等候处理。

晚上，李国庆听说李凡被放回来了，就连夜登门向哥哥李建国道歉。李国庆对李建国说："哥，我真是老糊涂了，对不住你啊！看着后辈们为了那么点儿钱就大动干戈，我的心在流血啊！我想了想，都是我们这些老家伙的错啊！我们计较一分，后辈们就计较十分。他们的这种做法，违背了咱们的祖训啊！哥，我想通了，十万块钱的补偿款，咱们还是四六分吧。你为咱们这个家付出的最多，你拿六万，我拿四万。"

听了李国庆的肺腑之言，李建国老泪纵横："你总算明白事理了。至于怎么分，我本来就没有什么意见。我是一时糊涂，才要和你争高低。现在想想，咱们的爹妈，还是你们照顾得多一些。你多拿一点儿，是顺理成章的事儿。所以，咱们还是按照你原来的意见分吧，我实在不愿意让后辈们看笑话。"

李国庆坚持自己的意见："哥，别争了！你年纪大了，身体不太好，多拿一点儿是应该的。你看，我现在每天都有点儿收入。我在咱们村附近的工地找点儿打扫卫生之类的活儿干，每天也能挣三四十块钱。"

李建国心疼地说："你的年纪也大了，不适合出去打工了。以后别出去干活儿了，把自家地里的庄稼侍弄好就行了。要我说啊，咱们俩都别争了，干脆平分吧。我愿意签字！"

李国庆想了一下，说："好吧，我同意你的意见。我来你家之前，去了一趟村委会主任家。人家说，钱早就取出来了，放在村委会的保险柜里。只要咱们签了字，就可以去拿钱。他催着咱们快点儿签字呢!"

于是,两位老人便互相搀扶着向村委会主任家走去。

李国庆拿到了钱,刚回到家,李浩天、李浩生就围了过来。他们俩一唱一和,一个要帮爷爷理财,一个要帮爷爷把钱存到银行里。不一会儿,他们就把李国庆的五万块钱补偿款骗走了。

李浩天、李浩生拿着爷爷的钱,直奔前几天输钱的那个玩牌的地方。他们一直在输,新年的钟声响起的时候,那五万块钱已经所剩无几了。昔日的牌友劝他们别打了,过几天再玩,可是他们根本不听劝。

李浩天脖子一歪,说:"我就是不信邪!"

输红了眼的李浩生耍起了脾气:"今晚谁也不能走啊!"

此时,一个四十多岁的男子点燃一支烟,慢悠悠地抽了一口,说:"小兄弟,咱们怎么玩都可以,哥们儿奉陪到底。但是,无论干什么事,都要有分寸。大过年的,再玩一个小时,我就要回去陪家人了。"

李浩天笑了笑,说:"朱哥,我知道你财大气粗,打牌没怕过谁。可是,你说回家陪嫂子,我是一百个不相信。嘿嘿,你是去陪小情人吧!"

朱姓男子微笑着摇了摇头,说:"年轻人,说话注意点儿,别太张狂了!"

凌晨一点钟,朱姓男子的手机不停地响。他打开微信,一连串的信息映入眼帘:"哥,快来,喜洋洋酒店 601,等你哦!""哥,我洗完了,你咋还不来?""哥哥呀,妹妹等得花儿都谢了!"

这些信息弄得朱姓男子坐立不安。旁边的人看在眼里,劝说道:"差不多就结束吧,明天再玩。"

李浩天则说:"再玩一把!"

朱姓男子耐着性子,陪着这哥俩继续玩。尽管朱姓男子心不在焉,可是运气却怎么也挡不住,赢了一把又一把。

到了凌晨一点半,朱姓男子站起身来,说:"兄弟们,实在对不住,我真的该回家了。"

李浩天和李浩生查看了一下手里的钱,发现五万块钱只剩下了不到两千块钱。

李浩天不管不顾地怒吼着:"不能走!"

朱姓男子一脸的轻蔑:"小兄弟,自古就有愿赌服输的说法。你既然来了,就要遵守规则。不能因为输了钱,你就不让大家走吧!"

李浩天气鼓鼓地说:"我管不了那么多,只知道输了不少钱!"

朱姓男子微笑着从口袋里掏出五百元钱,扔到了李浩天跟前:"小兄弟,拿着过个年吧!只要有空,我陪你玩通宵都行!今天晚上真的有事儿,我必须回去!"

李浩天见对方服软了,便更加嚣张了:"要走可以,留下两万块钱!"

朱姓男子显然失去了耐心,愤怒地说:"别给脸不要脸!我现在就要走,你能把我怎么样?"说着,他抬腿就走。

李浩生见状,挡住了他的去路,大声说:"不许走!"

朱姓男子彻底被激怒了,抬手就给了李浩生一巴掌。

李浩天一个箭步冲上去,护住了弟弟:"钱留下,人可以走!"

朱姓男子轻蔑地看着李浩天,说:"做梦吧!"

李浩天从口袋里拿出一把弹簧刀，顶住了朱姓男子的胸膛。

朱姓男子不屑一顾地说："我倒要看看……你敢怎样！"

疯狂的李浩天将弹簧刀移向了朱姓男子的大腿，刺了进去。朱姓男子痛苦地大叫了一声。

"杀人了！"有人喊了起来。

李浩天冲着李浩生喊道："快从他身上把咱们的钱拿回来！"

拿了钱之后，李浩天和李浩生便消失在了黑夜中。

李国庆被一阵急促的敲门声惊醒，打开了房门。两名警察说明了来意，李国庆才知道自己的两个宝贝孙子闯下了大祸。他连滚带爬地来到李建国跟前，想让哥哥出个主意。李建国得知这件事情之后，立即给姚伊娜打了个电话。

李建国看着吴国辉，说："吴警官，你看，我们家的这三个不成器的孙子，大过年的，一个跑得没影了……两个去赌博了，还拿刀子捅人。说起来，真让人生气！看在我这个可怜人的分儿上，帮帮我吧！"

姚伊娜把目光投向了师父。吴国辉心烦意乱，认为自己没管好这些年轻人，就是失职。他点燃了一支烟，陷入了沉思。

李凡从戒毒所出来的那一天，管教民警直接把他送到派出所，交给了姚伊娜。

姚伊娜出去盖章的时候，吴国辉对李凡说："一年的戒毒生活，你恨我吗？"

李凡苦笑着说："不恨。我自己犯下的错，自己承担，与您无关。"

吴国辉说:"别忘了,我亲手把你送进了戒毒所。"

李凡说:"那是您的职责,是我违法在先。现在,我已经彻底戒毒了。其实,我应该感谢您。"

吴国辉笑了笑,说:"李凡,你能这么想,我真的很欣慰。俗话说,一朝吸毒,终身戒毒。希望你能持之以恒!"

李凡说:"我郑重地向您保证,以后我宁愿吃屎,也不吸毒。如果有一天,我真的复吸了,不用您去抓,我自己来找您。"

吴国辉笑着说:"李凡,你能这么想,说明你已经做好了吃苦的准备。但是,要想彻底戒毒,就不能再和吸过毒和贩过毒的人接触。"

李凡说:"您说的是朱二生吧,就是他一步步地把我拖入了毒品的泥潭。如果他再来引诱我,我一定向您汇报。"

吴国辉高兴地说:"好,一言为定!"

姚伊娜回到办公室的时候,吴国辉和李凡已经谈完了。李凡乖顺地坐在那里,写着承诺书和保证书。全部写完后,他对姚伊娜说:"姚警官,我这次出来,一定好好做人,绝不复吸。"

新年的钟声响起的时候,杨园园驾车经过有"天下第一桥"之称的黄河铁桥,朝白塔山顶驶去。

几分钟后,杨园园到达了山顶。她把车停下来,对旁边的马忠说:"下车,咱们逛逛去!"

马忠瞪大了眼睛,说:"你疯了吧!大冬天的,在山顶吹风,你不怕感冒吗?"

杨园园微笑着下了车,说:"走吧,懒虫,陪姐散散心!"

此时，鞭炮声此起彼伏，响彻了黄河两岸。杨园园和马忠站在白塔山的山顶，整个金城的美景尽收眼底。

杨园园开心地对着山下的黄河喊了起来。

马忠微笑着说："看你，开心得像个小姑娘！"

杨园园甜甜地一笑，说："你说这话，姐最爱听。过完年，姐就四十岁了，不再年轻了。"

马忠说："要调整心态，别总想着自己年龄大！"

杨园园话锋一转，问："姐给你介绍的那个小女警怎么样？"

马忠想了想，说："挺好的。只不过，她太忙了，根本没有时间谈恋爱。"

杨园园歪着头，略显调皮地问："你喜欢她吗？"

马忠看了杨园园一眼，低下了头。

杨园园说："实话实说，没关系，姐不吃醋。再说了，你结婚后，姐保证不打扰你们。姐给你介绍对象，就是希望你幸福快乐。"

马忠一下子红了脸，支支吾吾地说："喜欢。"

杨园园轻拍了一下马忠的后背，笑着说："喜欢就勇敢地去追求啊！"

马忠张了张嘴，没说什么。

杨园园说："你去追吧！一旦追到手，姐就离你远远的，默默地祝福你们。"

马忠说："姐，你真是个好人！"

杨园园若有所思地说："唉，我这个人啊，不好也不坏！那时候，姐一眼就看上了你，做了出轨的事儿。姐只是想跟着感觉走，自由自在。"

马忠点了点头。

杨园园接着说:"姐希望你有个幸福美满的家!"

马忠激动地拉起杨园园的手,说:"姐,你真是太好了!"

天空中飘起了雪花,纷纷扬扬、飘飘洒洒。

杨园园双手伸向天空,忍不住抒起情来:"好美的雪啊!我喜欢这雪花飞舞的景象……瑞雪兆丰年!"

马忠接着说:"风雨送春归!"

杨园园说:"有梅无雪不精神!"

马忠回应道:"有雪无诗俗了人!"

杨园园歪着头,笑眯眯地看着马忠,说:"今朝与你同淋雪!"

马忠眨了一下眼睛,说:"也算白头走一程!"

四目相对,迸发出了爱的火花。

杨园园突然"咯咯"地笑了起来:"走吧!雪这么大,再磨叽一会儿,咱们就下不了山了。"

马忠住在火车站后面的一个新开发的小区里。火车通过时,声音震耳欲聋。

杨园园站在阳台上,说:"你买房子的时候,怎么没考虑到火车的噪音?"

马忠走过来,把杨园园的羽绒服披到她身上,说:"房间里的暖气太热,我把阳台的窗户打开了。披上吧,小心着凉!你说噪音啊,怎么没考虑……还不是因为手里没钱!我思来想去,最终买了这里的房子。这里的房子比别的地方便宜好几万块钱呢!"

杨园园若有所思地说:"穷有穷的乐,富有富的忧。以前,我和老朱虽然没钱,但是整天如胶似漆。后来,他入股了一家麻将馆，有了钱。接着，他升官了。但是，我们俩的关系却大不如前了。他的应酬越来越多，总是半夜回家，后来发展到了夜不归宿。你看，我们家这三个人，在三个地方过年。孩子到外省的爷爷家去了……这还像个家吗?"说着，她的眼眶湿润了。

马忠从后面抱住她，说："姐，一切都会好起来的!"

"嗯，但愿吧!"杨园园扭过头来，看着马忠。

马忠松开杨园园，说："一点多了，你该回家了。"

杨园园答应着，转身走进客厅，拿起了车钥匙。就在开门的一刹那，她突然转过身来，眼泪汪汪地说："回到家里，我还是孤零零的一个人。"

马忠说："或许，老朱在家等你呢!"

杨园园苦笑了一下，说："他呀，一旦出去了，就一定会夜不归宿!让我再待一会儿吧!我保证天亮前离开……"

马忠沉吟了一下，说："其实，也没什么。我单身，就说你是我的女朋友，谁会在意呢!"

杨园园转悲为喜，一把扯下身上的羽绒服，抱住马忠说："真是太好了!"

两个人拥抱着倒在了沙发上，马忠顺手关掉了客厅里的灯……

就在两个人亲热的时候，杨园园的手机铃声响了起来。她拿起手机看了一眼，屏幕上显示了一个陌生的号码。她一边嘟囔着"打错了吧"，一边把手机扔到了一边。接着，她像藤缠树一样，缠住了马忠。

手机铃声又响了起来，马忠柔声说："接吧!说不定人家是给你拜年的，别冷落了人家!"

杨园园极不情愿地拿起手机，按下接听键，听到了一阵急促的声音："是嫂子吗？你快来市第一医院，朱哥在抢救！"

"什么？"杨园园一下子坐了起来，"发生什么事了？"

对方说："唉，一句两句说不清呀！朱哥被人捅伤了，你快来吧！"

杨园园的大脑里一片空白，一时不知道该怎么办。

马忠立刻给杨园园穿上衣服，把她搀起来，说："我送你去医院！"

第三章　漏网之鱼

李建国和李国庆泪眼婆娑地对视着，房间里静得可以听见一根针落地的声音。

看着两位老人无助的样子，姚伊娜的心都要碎了。她走到吴国辉跟前，低声说："师父，想想办法吧！这两位老人太可怜了！"

吴国辉说："别急，让我想一想。李浩天、李浩生他们哥俩的案子，应该与李凡没有牵连。暂时不知道李凡为啥离家……"

正说着，吴国辉的手机铃声响了起来。吴国辉拿起手机一看，是李凡打来的电话。他立即按下接听键，听到了李凡低沉的声音："吴警官，我好像闯了大祸。不过，这真的不是我的本意！"

吴国辉大惊失色："什么？你也伤人了？"

李凡说："没……没有。我本来打算去朱二生家找证据，出门时头脑一热，顺手拿了一个手提包。我知道，他的钱不干净，拿了也是白拿。结果，我拿了他一包大的……"

"什么大的？"吴国辉急切地问。

李凡说："见了面再细说吧！"

"你为啥不接爷爷的电话，还把手机关了？家里人都快急死了，你知道吗？"吴国辉说。

李凡说："我的手机快没电了。为了省电，我关机了！"

吴国辉说："嗯，好吧。在哪里见面？"

李凡说："城西的西出口吧。"

吴国辉说："你怎么跑了那么远？"

李凡说："我怕警察抓我呀！"

吴国辉说："见面后，我可以证明你的清白……"

挂断了电话，吴国辉环视了一下房间，说："李凡是安全的，只是有一点儿麻烦——这是我们俩的约定。李浩天和李浩生，现在还不知去向……"

李建国着急地问："凡凡在哪里？"

吴国辉说："他不愿意说。一会儿，我会把他安全地带回来。"

李建国看到了一丝希望，说："他没惹什么事儿吧？"

吴国辉微笑着说："李爷爷，李凡已经改过自新了。他本质上是善良的，不会再去犯错。"

李建国似懂非懂地搓着手，说："那就好，那就好！"

李国庆木讷地看着吴国辉，想问一问两个孙子的情况，又不知从何说起。

这时，吴国辉的手机铃声又响了起来。

"喂，国辉啊，你在家吗？"电话里传来了马小林的声音。

吴国辉说："马所，我和姚伊娜在李建国老人的家里。"

马小林说："有紧急情况，你们立即回所！"

吴国辉忙问："又出现新问题了吗？"

马小林说："嗯，回来再说吧！"

吴国辉挂断了电话，摇了摇头，无奈地说："这个年过得可真热闹啊!"说完,他便与姚伊娜和司机小王一起回所里了。

房间里,李建国和李国庆这老哥俩对视了一下。李建国说:"外面雪大路滑,今晚在我这儿睡吧,咱们哥俩一起守岁!"说着,他从柜子里拿出一套被褥,递给了李国庆。

李国庆一边铺被褥,一边说:"小时候,咱们哥俩就爱挤在一起睡。一转眼,几十年过去了。唉,时间过得可真快呀!眼看着我们就老了,真不甘心啊!"

李建国没有说话,默默地帮弟弟盖好了被子。

道路被冰雪覆盖着,司机小王谨慎地驾驶着车辆。姚伊娜从后座上探过身来,轻轻地拍了一下坐在副驾驶座上的吴国辉,问:"师父,你给李凡安排任务了吗?"

吴国辉说:"嗯。"

姚伊娜调皮地眨了眨眼睛,说:"啊……让我猜猜!你准备对朱二生动手了!"

吴国辉转过头来,说:"你这个机灵鬼!没错,我是想连根拔掉咱们辖区的这个毒瘤。听说,市局的领导明确指示,那些身体残疾或身体有病的人,多次复吸或以贩养吸,屡教不改,就要受到法律的严惩。据我所知,戒毒所和看守所的工作人员正在着手做这方面的工作……"

姚伊娜竖起大拇指,夸赞道:"师父,你真高明!以前怎么没听你说过呀?"

吴国辉淡淡地一笑,说:"马屁精!我没告诉你,是因为我不想张扬。这种事情,知道的人越少越好。"

姚伊娜抢着说:"哈哈,我知道!师父是那种埋头做事,不喜欢张扬的人。"

吴国辉看着姚伊娜,说:"你呀,什么时候能管住自己的嘴呢?记住,以后不论遇到什么事情,都要管住自己的嘴。要沉住气,静观事态的变化……"

姚伊娜吐了一下舌头,做了个鬼脸,说:"师父,徒儿知道了。"说完,她"咯咯"地笑了起来。

警车拐了一个弯,驶进了派出所。院子里站着所长马小林和禁毒大队的大队长郑爱国,旁边的几个人都是禁毒大队的。吴国辉心里"咯噔"了一下:"坏了,李凡这小子真的闯祸了!惊动了禁毒大队,看来事情不小呀!"

吴国辉下车后,三步并作两步,来到了马小林跟前,说:"马所,我回来了。"

马小林点了点头。

姚伊娜跑过来,说:"马所,我也回来了。"

马小林绷着脸,嗔怪地说:"谁让你出去了?"

姚伊娜傻傻地说:"李建国老爷子一打电话,我就出去了。"

马小林假装生气地说:"你下午才受了伤,不好好养着,到处乱跑个啥?小王,姚伊娜让你出车,你就出车吗?"

司机小王呆呆地站在那里,不知如何回答。姚伊娜上前一步,拉着马小林的胳膊,略带撒娇地说:"马所,看你,要骂就直接骂我,难为人家小王干啥?"

郑爱国忍不住笑了起来:"马所,你的手下个个都是虎将啊!你就偷着乐吧!"

马小林转怒为喜："郑大队，你有所不知，这些虎将个个脾气倔，我都管不住！你看这个姚伊娜，下午刚受了伤，手上缝了好几针……大半夜的跑出去，真是不让我省心。"

郑爱国冲着姚伊娜眨了眨眼睛，姚伊娜一下子就明白了。她在马小林面前摆了个标准的立正姿势，说："马所，我知道错了。以后，我姚伊娜坚决服从您的命令。您指东，我绝不往西。您让我赶鸭，我绝不撵鸡。"

一句话，把大家逗得哈哈大笑。

马小林笑过之后，说："姚伊娜，你现在立刻去休息！"

姚伊娜大声说："是！"

马小林对吴国辉和郑爱国说："咱们都到会议室去开会！"

姚伊娜刚走了几步，突然感觉不对，旋即跑回来，说："马所，有行动，咋不叫我？"

马小林说："你不是刚受伤嘛，不适合参加此次行动！"

姚伊娜固执地说："不，我就要去！手上这点儿小伤，不碍事！"

马小林说："刚才你是怎么说的？我的命令，你要绝对服从！怎么转眼就忘了？"

吴国辉笑着说："马所，你就让她跟着去看看吧！我知道她的脾气！有行动的时候，让她休息，对她来说是一种折磨。"

郑爱国附和道："马所长啊，我今天也替小姚说个情，让她去吧！多好的女孩子啊，既勇敢又能干！"

马小林无奈地摇了摇头，说："真拿你们没办法！好吧，我同意了。"

姚伊娜开心地笑了起来,大声说:"谢谢郑队,谢谢马所!"

会议室里,郑爱国把近期侦破的一起特大贩卖毒品案向大家通报了一下。他说:"今晚,趁着大年夜,汪副局长亲自督战,我们进行了收网——大多数犯罪嫌疑人已经落网!凤凰派出所辖区的那个朱二生,外号叫'老坏尿',也在此次抓捕的范围内。根据我们掌握的线索,他手里应该有两百克冰毒和少量海洛因。可是,我们抓获朱二生之后,没有在他的家中找到冰毒。后来,我们经过分析,认为朱二生出门之后,有人去了他家,盗走了那些冰毒。通过技术侦查,我们发现咱们辖区刚刚戒完毒的李凡有重大嫌疑。我们的抓捕人员在朱二生所在的村子里遇到了一个人。从视频上看,那个人应该是李凡。希望你们派出所能够配合我们传唤李凡!国辉,李凡的情况,你应该最熟悉。"

心直口快的姚伊娜站起身来,说:"这个人在我的责任区,我们刚从他家回来。李凡的爷爷李建国给我打电话,说李凡不见了。所以,我就去了他家。"

郑爱国"哦"了一声,便不再说什么了。

马小林看着吴国辉,说:"这个人和你打过很多年交道,你最熟悉他的情况。你看……"

吴国辉说:"好的,我一定想办法找到他。其实,我给他安排了一个……"

吴国辉的"任务"两个字还没有说出口,汪副局长就带着特警队和刑警队的十来个人走进了会议室。

汪副局长一落座,就说:"郑队长,你的工作稍微放一放,明天早上再说。现在,有一个特别紧急的情况,区城管局的局长朱宗天刚刚被人捅伤，正在抢救。犯罪嫌疑人已经逃离现场，正向西出口方向移动。我怀疑，他们是想出逃。现在，我们需要凤凰派出所的警力配合，全力追捕，争取早点儿抓到犯罪嫌疑人。"

马小林立刻把全所的警力分成了搜寻组、拦截组和视频跟踪组。吴国辉带着姚伊娜，加入了特警队在高速路西出口的拦截组。

汪副局长果断地下达命令："立即行动!"

上车之前，马小林悄悄地拉了一下吴国辉的衣袖，吴国辉赶紧站到了一边。马小林凑到吴国辉的耳边，小声说："抓捕工作非常危险，你一定看好姚伊娜这个小丫头。她可是个敢拼命的主儿，别让她再出问题!"

吴国辉目光坚定地点了点头。

西出口位于凤凰派出所的最西侧，是金城的西大门。出了这个西大门，道路四通八达。也就是说，犯罪嫌疑人一旦过了西出口，抓捕的难度就会成倍地增加。

西出口的气温比市中心要低三摄氏度左右，吴国辉他们一下车就被卷着雪花的大风吹了个趔趄。大家跺着脚，不一会儿就适应了。

春节期间，高速路不收费，所有通道的栏杆都是抬起来的。吴国辉他们迅速进行了分工，每两个人把住一条通道，对出城的车辆进行检查。

为了保护好姚伊娜，吴国辉特意把她分到了自己这一组。姚伊娜站在收费员的位置上，负责检查。吴国辉站在离收费站一百多米远的地方，负责安全警戒和拦截冲卡车辆。

凌晨三点，过往的车辆依旧络绎不绝。大概是春节期间高速路免费的缘故吧，即使是风雪天气，高速路也不会关闭。

姚伊娜认真仔细地检查着每一辆过往的车辆，不放过任何蛛丝马迹。吴国辉紧盯着姚伊娜，生怕有什么闪失。

这时，吴国辉的微信提示铃声响了一下。他拿出手机一看，是李凡发来的信息："吴警官，你们是在抓我吗？我那么信任你，你居然这样对我，你和'老坏尿'有什么区别？他刚刚给我设了个圈套，我没有钻，你又在这里给我设了个圈套。哼，今后你别想找到我了！再见！"

吴国辉猛然想起了自己和李凡在西出口见面的约定，狠狠地拍了一下自己的脑门儿，惊呼道："坏了，我居然把这件事给忘了！"

他真的是忙糊涂了！一接到新任务，他就应该给李凡留言。想到这里，他急忙拨打李凡的手机，对方已经关机了。

"坏了，这下可真误会了！"吴国辉急得浑身燥热。

吴国辉觉得，李凡肯定在不远处看着他。他急忙抬眼四处张望，没有发现可疑的人。

他大喊着："李凡，你误会了，我们不是针对你！"

一阵狂风吹来，吴国辉的喊声消失在风雪中……

就在吴国辉被李凡的信息弄得心烦意乱的时候，姚伊娜拦下了一辆奥迪车。车上有两名时髦的年轻女子，其中一名女子是司机。姚伊娜知道，自己要拦截的是李浩天和李浩生。因此，她自然而然地对经过这里的女性放松了警惕，甚至没有仔细查看对方的证件就放行了。她叮嘱那名司机："下雪天，路滑，慢点儿开！"那名司机没有说话，冲她点了点头。

姚伊娜摆了摆手，说："走吧！"

就在车窗关上的一刹那，姚伊娜瞥见那名司机的嘴角微微向上翘了翘，露出了得意的神情。她突然意识到，司机的神情好像不太对劲儿。她的大脑飞速地运转，最后终于反应过来：女扮男装！

姚伊娜急忙大声喊道："李浩天！"

此时，车上的李浩天和李浩生也反应了过来。李浩天猛踩油门，奥迪车飞速地向前冲去。

吴国辉突然听见姚伊娜大喊，意识到有情况。他急忙冲到路中间，挥手示意，让迎面而来的奥迪车停下来。

此时，疯狂的李浩天已经失去了理智。副驾驶座上的李浩生见状，连忙大喊："哥，你疯了吗？那是吴警官啊！"李浩天只想着逃脱，不管不顾地踩着油门。

李浩生着急地把头探出车窗，大喊："吴警官，快让开！"

一百多米的距离，车子眨眼间就到了跟前。吴国辉判断出对方要强行冲卡，刚想拔枪示警，奥迪车就风驰电掣般地冲了过来。他本能地想去躲闪，但为时已晚。奥迪车重重地撞在他身上，他顿时就失去了知觉。

把吴国辉撞飞之后，奥迪车继续向前飞驰。与此同时，一辆摩托车尾随着奥迪车，发出了一阵轰鸣声。

"师父！"姚伊娜哭喊着，朝吴国辉跑去。

湿滑的雪地上，她摔倒了三四次。鞋子跑掉了，裤子划破了，刚缝针的右手又流出了鲜血，她全然不顾。她飞奔过去，抱起了吴国辉。

睡梦中的刘淑慧忽然被一阵手机铃声吵醒了。值班护士李雯雯急促地说:"护士长,快来吧!小王临时有事,请假了。急诊室来了一个病人,需要立即手术。孙主任让我通知你来医院!"

"好,我马上到!"在急诊科工作多年的刘淑慧知道,抢救病人是要分秒必争的。她迅速穿上外套,跑出了家门。

她清楚地记得,晚上从娘家回来的时候没有下雪。此刻,马路上、房顶上、树枝上全都是雪。她无心欣赏这雪景,匆匆地拦下一辆出租车,直奔医院。

刘淑慧冲进手术室的时候,孙主任在无影灯下紧张地忙碌着。看见她进来了,孙主任微微地点了一下头,低声说:"病人股动脉被刺破,急需输血。快联系血库!"

刘淑慧快步走向血库的时候,被迎面而来的一男一女拦住了。女的焦急地看着刘淑慧,急切地问:"护士,我老公怎么样了?"

刘淑慧问:"你老公是谁?"

旁边那个男的说:"就是那个被人用刀捅伤大腿的病人。"

刘淑慧说:"正在抢救!"

说完,她就急匆匆地跑开了。

马忠扶着杨园园,坐在急救室外面的凳子上。

马忠轻声说道:"不用担心,医生会尽全力救治的。"

不一会儿,马忠便看见护士用托盘端着两袋血浆跑了回来。护士一闪身,走进了急救室。

楼道里寂静无声,杨园园因紧张、害怕而剧烈地颤抖起来。马忠轻轻地搂着她的肩膀,安慰道:"别紧张,不会有事的!"

杨园园抬起头，无助地看着马忠，说："他要是有事儿，撇下我和孩子可咋办？"

马忠轻声说："别怕，不是还有我嘛！"

杨园园心头一热，两行热泪流了下来。

急救室里，孙主任紧张地工作着。他虽然经验丰富，但在这危急的时刻，仍然感觉压力很大。

室内的暖气很足，不一会儿，孙主任的额头上就冒出了密密的汗珠。刘淑慧轻轻地走到孙主任跟前，小心翼翼地用纸巾替他擦去了汗水。

抢救了一个半小时，大动脉的破口已经缝合，血终于止住了。

孙主任走下手术台，冲着刘淑慧微微一笑，说："大半夜的，把你叫来，实在是不好意思。"

刘淑慧笑了笑，说："主任，客气什么……在咱们急诊科，这是常有的事儿！"

孙主任说："这不是过年嘛！你们两口子好不容易过个团圆年，被我这个霸道主任给搅和了。"

刘淑慧摆了摆手，说："快别这么说了！他呀，凌晨一点多就跑出去了，好像有什么事情要处理。"

孙主任说："警察真是辛苦啊，连个安稳觉都睡不成！这些年，确实苦了你这个警嫂！"

刘淑慧笑着摇了摇头。

"医生，快来救人啊！"从楼道里传来了一个女人撕心裂肺的呼喊声。

孙主任和刘淑慧快速打开急救室的门，一个女警察出现在了眼前。刘淑慧认出了姚伊娜，忙问："小姚，咋了？"

姚伊娜定睛一看，是刘淑慧，哭着说："嫂子，我师父被车撞了。"

刘淑慧眼前发黑，差点儿晕倒在地。幸好孙主任眼疾手快，一把扶住了她。

说话间，已经有人用担架把病人抬了过来。孙主任指挥着："快抬进手术室！"

刘淑慧双腿发软，浑身无力，泪水止不住地往下流。孙主任在她的耳边说："护士长，你要坚强起来！今晚的急救，你是主力！"

刘淑慧打起了精神，说："好！"

孙主任沉着冷静地指挥着："病人血压过低，立即输血！升压！"

刘淑慧看着躺在手术台上的吴国辉，心如刀绞。几个小时前还和她躺在一个被窝里的老公，转眼间就躺在了手术台上。她无论如何都接受不了这个事实，泪水模糊了双眼。

突然，传来了孙主任的责怪声："小刘，精神点儿！我要止血钳，你给的啥？"

李雯雯快速地走过来，轻声说："护士长，咱们俩换一下吧！"

楼道里，姚伊娜坐在凳子上，泪水哗哗地往下流。这时，突然有人按住了她的肩膀："别哭了！病人不是正在急救嘛！"

姚伊娜抬起头，看见了马忠，惊讶地问："你怎么在这里？"

马忠指了指对面凳子上的杨园园，说："我同事的老公也受伤了。"姚伊娜看见对面的年轻女子哭得双眼红肿，不知道该如何安慰，只是冲她点了点头。杨园园反应过来，也冲姚伊娜点了点头。

马忠轻声问道："发生了什么事？"

姚伊娜低着头说："是我害了师父！我粗心大意，导致嫌疑人驾车冲卡。师父拦截的时候，被车撞了。"

马忠坐在姚伊娜身边，轻轻地拍着她的肩膀，以示安慰。

姚伊娜靠在马忠的肩膀上，任由泪水扑簌簌地落下。马忠发现姚伊娜右手的伤口处，鲜血染红了包扎的纱布。他连忙拉起姚伊娜，说："走，让护士处理一下！"

姚伊娜抗拒地说："我不去！我要在这里守着！"

马忠轻声地劝道："别固执了，你在这里也帮不上什么忙。先去处理你的伤口吧！"

姚伊娜坚决地摇了摇头。

一同前来的特警队员走过来，帮忙劝道："姐，你去吧！这里有我们呢，别担心！"

姚伊娜不再坚持，在马忠的搀扶下，朝着护士值班室走去。

汪副局长赶到医院的时候，吴国辉还没有脱离生命危险。楼道里站满了警察，大家都沉着脸，默默地为吴国辉鼓劲儿。

急救室的门被打开的时候，已经是大年初一的早上了。天刚蒙蒙亮，天空中飘着雪花。

孙主任拖着疲惫的身躯，走出了急救室。

楼道里的警察全都站了起来，齐刷刷地看向医生。汪副局长急切地问："医生，怎么样？"

孙主任说："还没有脱离危险。"

汪副局长说："情况严重吗？"

孙主任说："非常严重。病人多处骨折，失血过多。当然，这都不是最主要的。主要问题是，病人脑部受伤，高烧不退。等烧退了，病人就安全了。"

汪副局长点了点头，表示明白医生的意思。

刘淑慧失魂落魄地向办公室走去。她脚下一滑，差点儿摔倒。姚伊娜和另外几个女警察迅速冲了上去，扶着她缓慢前行。

姚伊娜轻声说："嫂子，你累坏了吧！我送你回家休息一下吧！"

刘淑慧摇了摇头，说："不，我要在这里陪着他。"

姚伊娜抹着眼泪，说："嫂子，别急，师父会好起来的。"

刘淑慧点了点头。

同事们见医生已经出来了，以为吴国辉已经脱离了生命危险，便陆续离开了。这时，马小林对姚伊娜说："虽然你昨天受伤了，但还是要辛苦你一下。你看，吴国辉的妻子精神状态这么差，身边不能没有人。我想让你和辅警李晓红陪着她，照顾好她。所里的工作，你暂时不用管了。"

姚伊娜点了点头。

早晨，李晓红从医院的食堂买来了饺子。

姚伊娜对刘淑慧说："嫂子，吃一点儿吧。"

刘淑慧摇了摇头，说："你们吃吧，我吃不下。"

李晓红在姚伊娜耳边悄悄地说："吴警官是你的师父，刘淑慧就是你的师娘，你怎么叫嫂子呢？"

姚伊娜说："起初，我和你一样，称呼她'师娘'。你猜，嫂子怎么说？她说，她还不到四十岁，我把她叫老了。从那以后，我就叫她'嫂子'了。"

中午，刘淑慧依旧没有吃饭。她不时地走进 ICU 病房，查看吴国辉的情况。

下午五点，姚伊娜对刘淑慧说："嫂子，走，咱们到食堂吃点儿热乎饭吧！"

刘淑慧摇了摇头，说："我实在不想吃啊！"

姚伊娜坚决地说："嫂子，饭是必须吃的！这样下去，等师父好起来，你就累垮了。"

这时，有人敲办公室的门。

刘淑慧说："请进！"

马忠走了进来。

姚伊娜问："你一直没回去吗？"

马忠说："回了。我同事杨园园的老公也住在 ICU 病房……她在这个城市里没有什么亲人，我给她送饭来了，顺便给你们打包了几份。"说着，他把一个大手提袋递给了姚伊娜。

姚伊娜说："谢谢！"

马忠摆了摆手，走出了办公室。

在姚伊娜和李晓红的极力劝说下，刘淑慧总算喝了半碗汤。

夜幕降临了，华灯初上。

刘淑慧对姚伊娜和李晓红说："你们回去吧！值班室里有我的床，我就睡在这里，随时可以查看你师父的病情。"

姚伊娜和李晓红坚持说："这是马所安排的工作，我们必须坚守。"

最后，刘淑慧只好假装生气。

姚伊娜忙让李晓红先回去，自己软磨硬泡地对刘淑慧说："嫂子，你就让我留下吧！值班室里有两张床，能睡下！"

刘淑慧说:"没想到,你师父带了这么一个重感情的徒弟!"

晚上八点,刘淑慧又进了 ICU 病房……

李浩天开车撞倒吴国辉后,急速驶入高速路,朝西宁方向逃去。

李浩生坐在副驾驶座上,目光呆滞地看着前方。

越往西走,雪下得越大。到达西宁的时候,高速路已经无法正常使用了。他们的车从西宁的高速路口驶出,掉头驶向了市内。

此时,天已经亮了,白雪覆盖着大地。

李浩生从惊恐中缓过神儿来,埋怨起了李浩天:"你咋那么冲动呢?输了钱也就罢了,为什么拿刀捅人?"

李浩天小心地驾驶着车辆,气呼呼地说:"你现在说得好听,当时咋不拦着?"

李浩生说:"唉……当时,我看见爷爷输了钱,心里很着急。可是,你为啥要一错再错,开车撞伤吴警官?"

李浩天气愤地说:"那能怨我吗?当时,路那么滑,我已经来不及踩刹车了。再说,那个姚警官显然是认出了咱们俩,不跑……等着被抓吗?"

李浩生叹了一口气,说:"吴警官可是个好人啊!咱们的爹妈常年在外地打工……他在社区当民警的时候,可没少帮助咱们。"

李浩天嘟囔着:"别说了,我又不是故意撞他!我走还不行吗?"

说着,他把车停在路边,跳下了车。

李浩生忙喊:"哥,你去哪儿?"

李浩天说："你别管！"

他往前走了十几米，又快速跑了回来。

李浩生高兴地说："哥，你不走了？"

李浩天来到李浩生跟前，二话不说，把李浩生口袋里的钱全部掏出来，捏在了手里。

李浩生说："这可是爷爷的养老钱呀，我得还给他！"

李浩天抽出五千多元钱，塞进了李浩生的口袋，说："你自己开车回家吧。到家后，把车还给修理铺的王哥，然后去派出所自首。记着，把所有的事情都推到我身上，警察不会把你怎么样的。照顾好爷爷！"

说着，李浩天的眼圈儿红了。

李浩生说："哥，你还记得爷爷常说的那句话吗？爷爷常说：'我不指望你们俩有多大出息，只希望你们都能平安。'"

泪水在李浩天的眼中打转。他急忙仰起头，控制住自己的情绪，对李浩生说："别啰唆，你回去吧！慢点儿开车！"

说完，他头也不回地走了。

李浩生哭着喊道："哥，你去哪儿？"

李浩天没有回应，只是向后摆了摆手……

审讯室里，朱二生坐在审讯椅上打着瞌睡。

除夕的后半夜，他本打算给那个年轻的"瓜娃子"李凡一点儿毒品，约好了见面的地点。可是，他没有等到李凡，却等来了禁毒大队的民警。

一开始，朱二生怀疑李凡出卖了他。民警问了他几个问题之后，他一下子反应过来，都是他下午买的那些冰毒惹的祸。

民警去他家搜查的时候，把他也带了过去。没想到，那二百克冰毒和少量的海洛因都不翼而飞了，连那个手提包都不见了。

清晨，姚伊娜迎着新年的第一缕阳光走进了 ICU 病房。师父还在昏迷中，安详地闭着双眼。刘淑慧趴在床边，睡着了。

姚伊娜把带来的早餐放在暖气片上，窸窸窣窣的声音把刘淑慧吵醒了。看着刘淑慧通红的双眼，姚伊娜心疼地说："嫂子，你都熬了一天两夜了，回家睡一觉吧！"

刘淑慧摇了摇头，说："不了，回去也睡不着。"

姚伊娜忙问："嫂子，师父的病情好转了吗？"

刘淑慧点了点头，说："五点钟，孙主任来查房的时候说，病情基本上稳定下来了。现在，只能等着他醒过来了。咱们多和他说说话，或许能恢复得快一些。"

姚伊娜高兴地说："太好了！"

她走到吴国辉的病床前，轻声说："师父，快点儿好起来吧！我还有工作要向你请教呢！刘家庄的刘大海，邻里矛盾的根源……"

刘淑慧听后，热泪盈眶地起身去洗漱了。

这时，姚伊娜听到了脚步声。她抬起头一看，是马忠。

她微笑着问："这回还是给同事送饭？"

马忠点了点头，说："我把饭给她送过去了，顺便过来看看你。你的手没啥事儿吧？"

姚伊娜淡淡地说："没什么，一点儿皮外伤而已。"

"中午有时间吗？一起吃顿饭吧！"马忠说。

姚伊娜说："算了，我还是多陪陪师父吧。"

马忠说："也好，那我先走了。"

"别抓我！别抓我！"李凡大声喊叫着从梦中醒来，惊出了一身冷汗。

旁边的货车司机驾驶着车辆，关切地说："做梦了吧！"

"我这是在哪里？"李凡心想。

他看了看周围，发现自己坐在一辆大货车的副驾驶座上。于是，他冲司机笑了一下。

司机稳稳地踩着油门，大货车轰鸣着行驶在无人的道路上。

李凡揉了揉眼睛，这几天发生的事情又浮现在了他的脑海中。

除夕夜，朱二生给他下了一个套儿。幸亏他多了个心眼儿，才没有上当。后来，他和吴国辉约好了，在西出口见面。他准备把从朱二生家偷来的冰毒交给吴国辉，早早地就到了西出口。可是，他到了那里才发现，吴国辉带人在收费站设了卡。他当时就蒙了，难道吴国辉也在给他下套儿？他气愤极了，立马发信息质问吴国辉。

他骑上摩托车准备离开时，猛然意识到随身带着这些毒品很危险。怎么办？他急得抓耳挠腮，忽然瞥见附近有个涵洞。他当机立断，跑到涵洞边，从包里取出了冰毒和一小包海洛因，把包扔得远远的，然后从路边捡起一个垃圾袋。他用垃圾袋将那些毒品裹成了一包"垃圾"。他走到涵洞中间，找到一个缝隙，用力把毒品塞了进去。

他走出涵洞，长长地舒了一口气。他得意扬扬地走到摩托车跟前,准备离开。忽然,从不远处传来了姚伊娜的大喊声:"李浩天!"他急忙朝收费站望去,只见一辆奥迪车飞速朝吴国辉撞去。

李凡一着急,便喊了起来:"让开!"

可是,已经来不及了。奥迪车把吴国辉撞飞后,仓皇逃窜。

此时,李凡脑子在急速地运转:"原来,吴警官不是冲着我来的!他到这里来,是为了拦截李浩天!李浩天又惹什么事儿了?唉,是我误会了吴警官!肯定是我发信息的时候,分散了吴警官的注意力,导致他被撞……"

想到这里,李凡狠狠地捶了一下自己的脑袋:"不能让李浩天跑了!"

李凡一踩油门,摩托车向奥迪车逃窜的方向飞驰而去。

追了几十公里以后,李凡的摩托车就没有油了。他把摩托车停在服务站,搭乘了一辆私家车,朝着李浩天逃跑的方向追去。到达西宁后,私家车不再往前走,李凡只好下了车。

到了中午,李凡已经是饥肠辘辘了。大年初一,有许多铺子不开门。李凡走了很远,才找到了一家回民开的牛肉拉面馆,一口气吃了两碗面。吃饱了以后,李凡继续往前走。他心里明白,找到李浩天的希望非常渺茫。但是,为了吴警官,他不能放弃。

下午,身心俱疲的李凡在货物集散中心门口看到了一辆满载货物的大卡车缓缓地行驶着,坐在副驾驶座上的正是李浩天。他记下车牌号之后,快速地跑到旁边的小卖部,买了一包"中华"烟。然后,他跑到集散中心的调度室,把烟和一张写着车牌号的纸条递给调度员,说:"师傅,麻烦帮我查一下这辆车是去哪里的。"

调度员为难地说:"按规定,是不能查的。"

李凡说："师傅，麻烦您帮帮忙吧！我的一个亲戚离家出走了，好像是上了那辆车。"

调度员噼里啪啦地敲了几下键盘，说："去拉萨的！"

李凡递给调度员一百元钱，说："师傅，麻烦您帮忙看看，还有去拉萨的大货车吗?"

调度员把钱还给李凡，说："烟可以抽，这个不能要。"说完，他扫了一眼电脑屏幕，指着大门口的车说："那辆车已经装完货了，你去和司机商量吧！"

李凡走过去，掏出五百元钱，递给司机，并说明了意图。于是，司机和他的爱人便爽快地答应了。

第四章　千里追凶

大年初四上午，姚伊娜站在医院楼道的尽头和马忠聊天。师父的病情一天天好转，笼罩在她心头的乌云慢慢地散去了。

师父吴国辉住院的这段时间，姚伊娜常常走进朱宗天的病房，向苏醒过来的朱宗天问候几句，顺便和杨园园聊上几句。有时候，杨园园也会走进吴国辉的病房，看望一下吴国辉。她和吴国辉是同学，并且吴国辉在抓捕捅伤朱宗天的凶手时受了伤，所以她对吴国辉的感激之情溢于言表。

姚伊娜私下里对马忠说："你的这个同事很会说话呀！"

马忠点了点头，说："嗯，她是凤凰中学的校长，口才一直不错。"

姚伊娜说："哦，怪不得呢！她温柔大方、办事得体、说话到位，真像个领导样！哎，我可注意到了，她看你的眼神充满了温柔和爱意！"

马忠的脸涨得通红："胡说什么呀，人家的老公还在那儿呢！"

说完，他的心怦怦直跳。他在脑海中快速地"检索"着，想弄清楚自己这几天和杨园园在一起时，到底哪些方面出现了纰漏。可是，思来想去，也没有发现什么漏洞。

姚伊娜吐了一下舌头，说："逗你玩儿呢！傻瓜，居然当真了！"

马忠尴尬地一笑，暗暗地舒了一口气，说："这种玩笑可不能乱开呀，人家毕竟是校长！"

姚伊娜笑了笑，说："嗯，知道了。等我师父好起来，你跟我回一趟老家，见见我爸、我妈……爷爷、奶奶吧！"

马忠心里乐开了花，高兴地说："真的吗？"

姚伊娜反问道："你不愿意？"

马忠激动得差点儿跳起来。他想拉姚伊娜的手，但是想了想，又把手缩了回去。他开心地说："愿意，当然愿意！"

姚伊娜微笑着说："那我们就一起祈祷，盼望师父早一天好起来吧！"

马忠刚要开口说话，姚伊娜的手机铃声就响了起来。她拿起手机一看，是李建国打来的。

她急忙按下接听键，说："李爷爷，您好！"

李建国说："小姚警官，吴警官好些了吗？"

姚伊娜开心地说："李爷爷，师父的病情正在好转。我就是觉得时间过得太慢了，真希望师父能早点儿好起来。"

李建国笑着说："傻丫头！俗话说，病来如山倒，病去如抽丝。哪有那么快呀，耐心点儿！"

姚伊娜说："嗯，知道了，李爷爷。"

李建国说："小姚警官，我想和你说个事儿。"

姚伊娜说："李爷爷，有什么事情，您就说吧！"

李建国迟疑了一下，说："昨天晚上，李浩生回来了。"

姚伊娜像是被马蜂蜇了一下，猛地大叫起来："什么?"

李建国说："李浩生回来了，住在我家。他不敢去派出所，让我先跟你说一下。"

姚伊娜说："您等着，我马上就回来!"

说完，她立马就出发了。

马忠跟在她身后，问："要我陪你去吗?"

姚伊娜摆了摆手，说："工作上的事情，你就别去了。"

一见到李浩生，姚伊娜的气就不打一处来。她一把揪住李浩生的衣领，问："你们为什么要撞我师父?"

李浩生战战兢兢地说："是我哥干的，与我无关。"

姚伊娜怒吼道："持刀伤人也与你无关吗?"

李浩生不敢直视姚伊娜，小声说："嗯，是李浩天拿刀捅的人。"

姚伊娜义愤填膺地说："你倒是把自己撇清了! 我认为，你们是合伙作案。李浩天呢?"

李浩生说："都怪我哥太冲动! 我真的没有参与! 我们俩在西宁吵了一架，他就自己走了。"

姚伊娜松开手，说："哼，我们会查清楚的!"

李建国走过来说："小姚警官，这个小畜生就交给你了。不过，我得求你一件事——别打他。"

姚伊娜诚恳地说："李爷爷，您放心，刑讯逼供是违法的，我们是不会打他的。"

李建国转过身来，对李国庆说："把他交给小姚警官，你该放心了吧!"

李国庆点了点头。

姚伊娜拨通了马小林的电话："所长，我找到李浩生了，现在就把他带回派出所。"

傍晚时分，姚伊娜和刘淑慧、杨园园、马忠在护士值班室聊了起来。

姚伊娜说："撞师父的人，抓住了一个……估计另一个很快就归案了。"

刘淑慧叹了一口气，说："那就好。希望严惩这帮恶徒！"

马忠说："唉，希望恶人都有恶报吧！"

姚伊娜问马忠："你这是什么意思？"

马忠说："我听说，派出所民警把李浩生带回去，问了一下午，晚饭前就放出来了。好像是，他没有参与……所有的事情都是李浩天一个人干的。"

杨园园义愤填膺地说："他即使不是主犯，也总该是从犯吧！"

马忠说："证据——现在一切以证据为准。没有证据，说什么都白搭。"

姚伊娜沮丧地低下了头。

初五的早上，孙主任查房的时候，仔细查看了吴国辉的病情。然后，他对刘淑慧和姚伊娜说："今天是关键的一天。如果顺利，不复发的话，他很快就能醒过来。"

姚伊娜好奇地说："孙主任，我看师父一天天地好起来了，你怎么说还会复发呢？"

孙主任笑了笑，说："小姚，这个你可能不太懂。像你师父这种伤及大脑的病人，手术后一周内是最危险的，主要表现为高烧

77

不退。前两天,你师父就是高烧不退,后来稳定了下来,但是还有复发的可能性。只要他能撑过这一周,就安全了。所以说,今天是关键的一天。"

说完,孙主任看了看刘淑慧,而刘淑慧则冲着姚伊娜点了点头。

姚伊娜环顾了一下四周,似乎在自我安慰:"别担心,我相信师父,他一定能挺过来。"

从下午三点开始,吴国辉的体温开始出现波动,一会儿发烧,一会儿又恢复正常。如此反复,到了晚上八点,吴国辉又发起了高烧。看着老公因发烧而满脸通红的样子,刘淑慧的心都要碎了。

孙主任迅速将病人转入急救室,开始有针对性地实施救治。

晚上十一点,孙主任把病危通知书递给了刘淑慧。哭红了双眼的刘淑慧走出急救室,对姚伊娜说:"你快去通知单位吧!"

姚伊娜用颤抖的手拨通了马小林的电话。

不一会儿,汪副局长、马所长和苟主任就来到了医院。

马小林在楼道里看见了姚伊娜,急忙跑过来说:"走,向汪局汇报一下具体情况!"

见到了姚伊娜,汪副局长不解地问:"前两天不是好好的吗?怎么一下子就病危了?"

姚伊娜连忙把孙主任查房时说的话重复了一遍。

半夜十二点十分,孙主任身心俱疲地走出了急救室。他对汪副局长他们说:"病人还有一口气,你们进去见最后一面吧。"

姚伊娜一个箭步冲进急救室,看见刘淑慧平静地擦拭着吴国辉的脸庞。

姚伊娜拉着吴国辉的手，喃喃地说："师父，你不要撇下我们呀！"

汪副局长走进来，仔细端详着吴国辉，禁不住一阵心酸。他强忍着悲痛，对刘淑慧说了几句安慰的话。

夜里十二点五十分，吴国辉停止了呼吸。

刘淑慧当场哭晕了过去，姚伊娜也沉浸在悲痛之中。

在华林山，召开了隆重而肃穆的追悼大会。各级领导都来了，吴国辉生前的亲朋好友也来了。辖区的群众听说吴警官去世了，纷纷自发地赶来送行。

汪晨副局长在致悼词的时候，对吴国辉同志英勇战斗、不怕牺牲的精神给予了高度的评价，号召全局的民警向吴国辉同志学习。

送行的路上，姚伊娜搀扶着刘淑慧，一步一落泪……

雪，洁白的雪！雪花纷飞，象征着和平与安宁，是对逝者无言的告慰和永恒的怀念。

在这个伤心的季节里，姚伊娜推掉了一切应酬。她把自己关在家中，白天坐在沙发上沉思，晚上躺在床上发呆。

她的脑海中不断地浮现出师父熟悉的身影。师父那矫健的身姿、热情的微笑，令她如沐春风。如今，斯人已去，此情何所依！

这一天，姚伊娜坐在师父原来的位置上，沉思了许久。临近中午的时候，她叫上司机小王，直奔李建国家。

李建国看见姚伊娜，老泪横流："那么好的一个人，怎么说走就走了？唉，都怨我家那个不争气的李浩天！小姚啊，是我没有教育好他呀!"

姚伊娜含着眼泪说:"李爷爷,怎么能怨您呢?我们一定会把李浩天捉拿归案,告慰我师父的在天之灵。"

虽然李浩天不是李建国的亲孙子,但是他们毕竟是一家人。李建国在衡量亲情和友情的时候,不由自主地偏到了亲情上来。听到姚伊娜那铿锵有力的言语,他不由得心里"咯噔"了一下。

姚伊娜没有注意到李建国的变化,说:"李爷爷,您给李浩生打个电话,叫他来一趟,就说我要见他。"

李建国立即拨通了李浩生的电话。

十分钟后,李浩生出现在了姚伊娜面前。他怯生生地问:"姚警官,您找我?"

姚伊娜一下子从座位上站起来,拉着李浩生来到了李凡住过的房间。姚伊娜厉声说道:"快说,李浩天到底躲到哪里去了?"

李浩生并没有回答她的问题:"该说的,我在派出所都说了。"

姚伊娜气愤地说:"我再问一遍,李浩天去哪儿了?"

李浩生见状,急忙说:"姚警官,我真的不知道李浩天去哪儿了。凭直觉,我觉得他不会留在西宁。他有可能往西去了,去西藏的可能性最大。"

姚伊娜问:"你怎么知道他会去西藏?"

李浩生说:"李浩天曾经对我说,等他有了钱,一定要去看一看布达拉宫。"

回到派出所,姚伊娜立即对马小林说:"马所,我想去一趟西藏。"

马小林好奇地问:"去干吗?"

姚伊娜说:"我听说,李浩天有可能去了西藏。"

马小林摆了摆手,说:"小姚,你急于抓住凶手的心情,我可以理解。但是,不能盲目行动。西藏那么大,你到哪儿去找李浩天?"

姚伊娜满眼泪水地说:"马所,我真的很着急!拖的时间越长,抓住凶手的可能性就越小!"

马小林安慰道:"小姚,我明白你的意思。你看,咱们不是已经在网上追逃了吗?"

姚伊娜固执地说:"我必须亲手抓住李浩天!"

拘留所里,朱二生正在发呆,只见禁毒大队的民警梁达和另一名民警走了进来。

朱二生问:"梁警官,我是不是可以回家了?"

梁达没有回答他的问题,一脸严肃地说:"现在,我向你宣读刑事拘留决定书。朱二生因吸毒、贩毒……"

朱二生听罢,眼珠子一转,说:"梁警官,我要是给你们提供了线索,是不是可以从轻处理?"

梁达说:"那要看你提供的是什么样的线索了!"

朱二生想了一下,说:"我要是交代了自己的上线呢,应该可以算是立功了吧?"

梁达不置可否地说:"看你的表现了!"

在郑爱国的办公室里,梁达汇报了送朱二生去看守所的情况。郑爱国一听,笑了起来:"这个老贼也有扛不住的时候啊!我还以为他是铁板一块呢!"

接着,梁达汇报了朱二生提供的线索。郑爱国犹豫了一下,说道:"去云南,没问题。但是,如果派过去两个小伙子,势必会引起对方的怀疑。要是再去一名女警,那就完美了。"

梁达笑着说:"队长,派哪个女警去合适呢?"

郑爱国沉思了一会儿,突然眼前一亮,说:"我有一个人选!"

梁达问:"谁?"

郑爱国说:"姚伊娜。"

一阵手机铃声把姚伊娜从梦中吵醒了。她敏感地察觉到,可能是单位有紧急情况。她拿起手机,屏幕上显示出了一个陌生的号码。可能是打错了!她放下手机,看了一下表,已经是凌晨四点了。手机铃声固执地响着,是谁打来的电话?她按下接听键,传来了一个熟悉的声音:"姚警官,是我!"

姚伊娜一下子坐了起来:"李凡!你在哪里?"

李凡说:"嗯,是我。我在拉萨,一路跟着李浩天。"

姚伊娜激动地说:"太好了!你知道他的藏身之地?"

李凡轻声说:"跟了几天,跟丢了。我觉得,拉萨是他的落脚点。"

姚伊娜"哦"了一声。

李凡说:"姚警官,我知道吴警官出事儿了。有件事情,希望你能帮助我。"

姚伊娜忙问:"什么事儿?"

李凡说:"我刚从戒毒所出来的时候,吴警官和我谈过,让我做他的线人。大年三十晚上，我偷走了朱二生藏在家里的冰毒。本来，我和吴警官说好了，在西出口见面，我把冰毒交给他。后来，我们之间发生了误会。接着，他就被李浩天撞了。我想麻烦你，证明我的清白……"

姚伊娜为难地说："怎么证明呢？"

李凡说："当时，吴警官和我谈完之后，好像填了一张表，还要了我的照片……应该在他的抽屉里。"

姚伊娜一下子反应过来："哦，是那个……反正是保密的。只要找到了，我就可以证明你的清白。"

李凡说："谢谢你。"

姚伊娜说："以后，我怎么联系你？打这个电话吗？"

李凡说："是的。"

姚伊娜躺在床上，反复琢磨着天亮后该如何向所长请假。

清晨，汪副局长走进了办公室。

不一会儿，郑爱国敲了敲门，走进来说："汪局，您来得真早啊！"

汪副局长微笑着摆了摆手，说："有事吗？"

郑爱国说："汪局，我想向您要一个人！"

汪副局长说："哦，谁呀？"

郑爱国说："姚伊娜！"

汪副局长问："为什么？"

郑爱国说："朱二生贩毒案的侦破工作有了新的进展，朱二生愿意为我们提供线索。禁毒大队外出办案，有个女同志好办事。

我暗中观察,发现姚伊娜非常能吃苦,又很聪明,是个当缉毒警察的好苗子。"

汪副局长说:"嗯,我也发现她是个好苗子。可是,她的缺点也很明显。她要是犯了倔脾气,九头牛都拉不回来。"

郑爱国说:"这个,我能理解。"

汪副局长为难地说:"她可是马小林的得力干将,不好要啊!你让我怎么张口?"

郑爱国微笑着说:"汪局,正是因为有难度,我才来向您求助。"

汪副局长无可奈何地笑了笑。

姚伊娜一上班就来到了所长马小林的办公室,发现马小林没在。她又去了几次,都没有找到马小林。她一问内勤人员才知道,马小林去局里开会了。

姚伊娜回到吴国辉的办公室,翻箱倒柜,终于在抽屉的最下面找到了那张信息员登记表。登记表上清晰地写着"使用人:吴国辉",还盖了局里的章。基本上可以肯定,李凡说的都是真的。

姚伊娜等了半天,也没见马小林回来,却等来了苟斌的电话:"姚伊娜,根据汪副局长的安排和局里的工作需要,现在调你到禁毒大队工作。任务紧急,请立即去报到!"

姚伊娜丝毫没有心理准备,等她反应过来,苟斌已经挂断了电话。

什么情况?姚伊娜带着疑问拨通了马小林的电话。

马小林说:"我也不知道为什么。今天早上,我突然接到了汪副局长的电话,说要调你到禁毒大队去。"

姚伊娜默默地挂断了电话。

郑爱国在办公室里接电话的时候,姚伊娜走了进来。郑爱国指了指沙发,让姚伊娜先坐下。接完了电话,他热情地对姚伊娜说:"小姚同志,欢迎你啊!"

姚伊娜说:"为什么突然宣布……让我到禁毒大队报到?"

郑爱国笑了笑,说:"是我让你来的!"

姚伊娜不解地问:"为什么?"

郑爱国说:"我看上了你的工作能力——有想法,肯吃苦,敢说敢干。"

姚伊娜微笑着说:"郑队长,我可有个毛病——倔强,不听话!"

郑爱国说:"这些都不是问题,我能理解!"

姚伊娜认真地说:"郑队长,我来找您,不光是为了这件事。"

接着,她把半夜接到李凡电话的事情告诉了郑爱国,并且拿出了从吴国辉抽屉里找到的那个表格。

郑爱国笑眯眯地拿着表格看了看,说:"好得很!"

姚伊娜有些纳闷,说:"好什么?"

郑爱国说:"这个表格,我知道。当初,你师父确定这个线人的时候,已经报备了。"

姚伊娜悬着的心一下子就放了下来:"这么说,李凡没啥事儿。"

郑爱国点了点头,说:"你抓李浩天和我们办理朱二生贩毒案并不冲突。找到了李凡,就找到了丢失的二百克冰毒。这两个案子可以一起办,我支持你去拉萨!"

姚伊娜准备的无数个理由,此刻已经没有了用武之地。

郑爱国说:"小姚啊,你是个有情有义的女孩子,我们就需要这样的人!"

姚伊娜激动地站起身来,敬了个礼,说:"谢谢郑队!"

从大年初一到十四,整整两周的时间,杨园园几乎是寸步不离地守在朱宗天的病床边。在她的精心照料下,朱宗天很快就痊愈了。

正月十四一大早,孙主任就把出院的单据交给了杨园园,说:"病人回家后,要注意休息,不能剧烈运动。"

身高只有一米六五的朱宗天,有些谢顶。他外表白白胖胖的,脸上时常挂着一丝微笑。他的同事和朋友给他起了个外号,叫"笑面虎"。

此时,朱宗天笑着说:"孙主任,我会谨遵医嘱。我最不爱运动了,坐在家里打打麻将、喝喝酒才是我的强项。"

孙主任说:"你现在身体虚弱,暂时不要喝酒。"

杨园园麻利地收拾着朱宗天的衣物和住院用具。本来,马忠说要过来帮忙,可杨园园却说:"你还是不要来了。万一让他看出什么破绽,多不划算!"

朱宗天给单位的司机打了个电话,让司机来接他回家。

"终于回到自己的家了,还是家里好啊!"朱宗天坐在自家的客厅里,由衷地发出了感叹。

杨园园说:"家里有这么好吗?家里要是好,你就不会夜不归宿了。"

朱宗天不耐烦地摆了摆手,说:"那不都是为了工作嘛,也是为了咱们这个家!"

杨园园淡淡地一笑，说："你还是收敛点儿吧!"

朱宗天不耐烦地说："我刚出院，你就唠唠叨叨，不能让人高兴点儿吗?"

朱宗天心里一阵烦躁，拿起茶几上的烟，使劲儿抽了起来。

杨园园把从医院带回来的东西收拾好之后，走过来说："明天就是正月十五了，估计大家都在家过节。你住院这段时间，有那么多朋友来看你……今晚，咱们订上一桌酒席，算是答谢大家吧!"

朱宗天说："嗯，还是老婆想得周到。"

姚伊娜刚走进火车站，手机铃声就响了起来。她按下接听键，传来了马忠的声音："今天是正月十五，晚上一起吃饭吧!"

姚伊娜说："不好意思，单位安排出差，我已经到火车站了。"

马忠神秘兮兮地说："还记得前几天你说的话吗?"

姚伊娜实在想不起来了，就问："我说什么了?"

马忠说："你不是说，想带我去见你的父母吗?"

姚伊娜说："哦，是这件事呀! 我得先出差，等等吧。"

火车缓缓地启动了，朝西奔去。姚伊娜望着车窗外面的景色，思绪又回到了从前……

姚伊娜刚来所里的时候，马小林把她领到吴国辉跟前，说："交给你个徒弟，好好带啊!"

吴国辉连连摆手，说："带不了! 男同志还可以，女同志真的带不了!"

姚伊娜不服气地说："师父，为啥男同志能带，女同志就带不了? 典型的性别歧视!"

吴国辉沉默了一会儿,说:"我这个人大大咧咧,说话没轻没重。男孩子的承受能力强一些,女孩子我可招惹不起。万一批评错了,我可就吃不了兜着走了。"

姚伊娜笑了一下,说:"师父,您放心,我不会让您失望的。我热爱公安工作,再苦再累都不怕。我向您保证,我绝不会哭鼻子。"

马小林说:"多好的徒弟啊!国辉啊,你就带她吧!"

……

此时,姚伊娜已经热泪盈眶了:"师父,我真的好想你啊!"

经过一夜的奔波,第二天中午,姚伊娜到达了拉萨。她走出火车站,感觉这里的云洁白无瑕,这里的山巍峨挺拔。

高原寒,可以冷到脚底。然而,当你站在高原之巅,俯瞰远处连绵起伏的山峦,感受那一片片云朵从身边轻轻掠过的时候,心情就会豁然开朗。虽然高原寒冷刺骨,但这里的美景却让人心旷神怡。姚伊娜裹紧了羽绒服,跟着人群向前走去。

来的时候,细心的同事给她准备了红景天和地塞米松,说是可以预防高原反应。姚伊娜蹦跳了几下,没觉得有什么反应,便嘿嘿一笑,心中暗想:"看来,我平时的锻炼还是有效果的。"

到了招待所,姚伊娜打电话叫来了李凡。

在千里之外见到了同乡,如同见到了亲人。李凡激动得热泪盈眶,高兴地说:"姚警官,我一直盼着你来呢!"

姚伊娜说:"知道李浩天有可能逃往拉萨以后,我就想来了。"

李凡说:"姚警官,我的清白……全靠你了!"

姚伊娜说:"你说说吧!有些情况,我还不知道。"

李凡说:"我亲眼看见吴警官被撞了。本来,我和吴警官约好了，在西出口见面。我比你们到得早一些，发现你们在布控。我以为你们要抓我，非常生气，就给吴警官发了一条信息，说我不见他了。他收到信息的时候，恰巧你拦住了李浩天。现在想想，是我害了吴警官，我那条信息让他分心了！"

姚伊娜叹了一口气，说："现在，说什么都晚了。那包毒品呢？"

李凡说："我藏在西出口附近，在桥下的一个涵洞里。"

姚伊娜连忙说："为了防止夜长梦多，我先向队里汇报一下，让我们的人早点儿把它拿走。"

李凡在一张纸上画出了藏毒品的具体位置。姚伊娜立即拍照，发给了郑爱国，并说明了情况。

然后，姚伊娜说："快说说李浩天的情况吧！"

李凡说："他一路跑，我一路追。他跑到了这里，我就一路追到了这里。"

姚伊娜说："哪有这么简单啊！一路上，你一定吃了不少苦吧！"

李凡点了点头，说："他伤害了吴警官，伤害了那么好的一个人，我是绝不会放过他的。"

姚伊娜说："说说你是怎么跟丢的吧！"

李凡说："根据我的推测，李浩天肯定知道自己被警方盯上了，而且是网上追逃。所以，他不敢乘坐正规的交通工具。他给了前往拉萨的货车司机一笔钱，搭上了一辆车。我搭乘了一辆货车，跟在他后面，比他晚到半天。经过一番努力，我很快就打听到了李浩天的租住地——拉萨市最西边的一个农户家。我也在附近租了一间房子，住下了。第二天上午，我看见他出门买了一些食品，回去后就再也没露面。我感觉这里面有问题，但又看不出破绽。"

姚伊娜说："好，明天咱们一起去看看就知道了。"

晚上，姚伊娜躺在床上思考着，李浩天到底会到哪里去呢？他既然租下了房子，就不可能立即离开。另外，他绝对不会猜到李凡在跟踪他，有可能是在躲避当地的警察。他只买了一次东西，坚持不了几天，估计很快就会现身。

她正想着，手机铃声响了起来。电话是刘淑慧打来的，她连忙接起了电话："嫂子，是我。"

刘淑慧问："小姚，你在哪里？我有事找你！"

姚伊娜说："嫂子，真抱歉，我在外地，来抓那个凶手。"

刘淑慧说："噢，你可要多加小心啊！"

姚伊娜说："嗯，我会注意的。谢谢嫂子！"

天刚蒙蒙亮，姚伊娜就起床了。她满脑子都是抓李浩天的事，一夜都没睡踏实。姚伊娜刚洗完脸，李凡就来了。

姚伊娜说："你也起得这么早啊！"

李凡说："你的心情，我知道。所以，我早早地就来了，怕耽误你的时间。"

走在路上，李凡离姚伊娜几步远。姚伊娜一看，说："这不行，我们要扮成一对情侣。你现在这样，很容易引起别人的怀疑。李浩天可是个'人精'，一眼就能识破……"

说着，姚伊娜挽起了李凡的手臂。李凡拘谨地挺直了身子，姚伊娜笑着低声说："放松点儿！"

他们来到李浩天租住的房子附近时，太阳刚刚从东方升起，估计李浩天还在睡梦中。姚伊娜观察了一下这里的地形，发现李浩天租住在一个农家院里，和房主是邻居。据李凡说，房主是一个四十多岁的女人，有两个孩子。房主的老公，他们没见过。在这个农家院里，只有李浩天一个租户。

这里位于拉萨城区的边上，比较偏僻，路上没有什么行人。姚伊娜环视了一下四周，感觉自己和李凡站在这里非常显眼，容易被李浩天发现。

她一抬头，看见前面五十米处有一座二层小楼，是个略显破烂的小旅店。于是，姚伊娜便拉着李凡向前走去。

李凡不解地问："去哪里？"

姚伊娜说："住店。"

李凡有些纳闷："住什么店？咱们不是要找李浩天吗？"

姚伊娜说："怎么找？站在这里等他吗？"

李凡指着一个墙角说："咱们躲在墙角就行了！"

姚伊娜微微一笑，说："那还不得冻死啊！就算冻不死，咱们也得被人家当小偷给举报了！"

外表破旧的旅店，居然还在营业。姚伊娜一阵兴奋，快步走了进去。老板热情地接待了他们。老板一张口，姚伊娜就听出来了，他是山东人，不是藏民。

老板说："一看就知道，你们是天生的一对儿……是来旅游的吧！我这里最大的特色就是便宜！"

姚伊娜随机应变，微笑着说："嗯，我们就是冲着便宜来的！大清早，我们就跑来找房子了，身上带的钱已经花得差不多了。可是，我们还没玩够……"

老板故作大气地说:"咱们都是内地人,一定给你们最便宜的价格。你们看,现在是淡季,一间房子一百块钱,楼上、楼下随便挑!"

姚伊娜说:"太贵了!五十,我只能付这么多了!实在不行,我们就去别处。"

老板假装忍痛割爱,说:"小姑娘,你也太会砍价了吧!好,住吧!"

姚伊娜拉着李凡,看了看一楼的房间。接着,他们跑到了二楼,发现从二楼一个房间的窗户能看到李浩天的出租屋,是蹲守的最佳位置。

随即,姚伊娜对老板说:"就要这一间!"

蹲守,是一种非常枯燥的工作。连续两天,姚伊娜除了上厕所,就是坐在床上,目不转睛地盯着那个农家小院。

结果,她始终没看见李浩天。

"会不会弄错了?"姚伊娜开始怀疑自己的判断了。

李凡说:"绝对不会错!我亲眼看见他走进了那个院子……"

接下来,是连续一周的蹲守。

郑爱国打来电话,叮嘱道:"小姚,无论发生了什么事情,都要注意自身的安全。派你一个人出差,是为了摸清情况,然后请当地的派出所配合,伺机抓捕。记住,千万不能轻举妄动!"

姚伊娜说:"郑队,放心吧,我会注意安全的!"

下午,姚伊娜觉得这么守着没什么意思,就让李凡出去转转。

天渐渐地黑了下来。蹲守了八天,毫无结果,姚伊娜不免着急起来。是哪个环节出了问题?难道是李浩天发现了他们?不太可能!

她翻看了一下笔记本上的蹲守记录。第一天,只有女主人出门。她身穿藏服,领着一个十一二岁的男孩。后来,他们又回来了。第二天,出入大门的是那个男孩和一个六七岁的小女孩。第三天,出入大门的是一个三十多岁的女子,穿着藏服,身份不明。第四天,无人进出。第五天,两个孩子出门玩了一天。第六天,那个三十多岁的藏族女子又出门了,买了许多吃的。第七天,那个三十多岁的女子再次出门,什么也没买。今天,无人外出。

就在姚伊娜一筹莫展之际,李凡推门进来了。他身穿藏服,头戴藏帽,姚伊娜一下子没认出来。李凡一笑,她才认出他来,不由得哈哈大笑起来。

李凡高兴地说:"今天出门,交上了一个藏族朋友。那位大哥一口咬定,我身上穿的衣服不能抵御拉萨的寒冷,非要送给我一套他的衣服。哈哈,我穿着正好,就收下了。"

姚伊娜盯着李凡,陷入了沉思。当时,李浩天不也是化装成了女人,才骗过她的吗?她一拍大腿,说道:"我们都让他给骗了!"

李凡笑着说:"人家藏族大哥没骗咱们呀!这一身藏袍是白送的,不要钱!"

姚伊娜说:"我是说,咱们都被李浩天给骗了!"

李凡立即收起了笑容,问:"他怎么骗我们了?"

姚伊娜说:"这户人家只有一个女主人,可是这几天咱们却看到了另外一个女人。她是谁?"

李凡一下子就明白过来了:"哦,对了,那个年轻一些的女人是李浩天假扮的!小时候,我们一起玩游戏的时候,李浩天最爱装扮成女孩子。他那女里女气的样子，常常逗得我们大笑不止。"

姚伊娜伤心地说："那天，我就是这样被他骗的，我师父也因此而牺牲了。我真的对不起师父！同样的错误，我竟然犯了两次，真是丢人呀！"

李凡安慰道："姚警官，真的不怨你！"

姚伊娜坚定地说："立即抓捕！"

李凡惊讶地问："什么？就咱们俩？"

姚伊娜点了点头，说："别怕，我带着手铐呢！咱们等他睡熟了，一下子铐住他……"

李凡说："我怕，万一……"

姚伊娜说："你觉得，咱们两个对付不了他？"

李凡摇了摇头，说："那倒不至于！"

姚伊娜看了一下表，说："现在是八点半，咱们先眯一会儿，养精蓄锐。等到夜里十一点半，他彻底睡熟的时候，咱们翻墙进去，实施抓捕。"

李凡点了点头。

正月二十三的夜里，一轮下弦月挂在天空中。安静的小路上，一高一矮两个黑色的身影快速地靠近了一个农家小院。这两个人一下子跃上墙头，进入了院子，然后蹑手蹑脚地打开了院门。

李凡心里有些不踏实："人家不会把咱们当成小偷吧……"

姚伊娜低声说："我有证件，没问题。"

姚伊娜快步往前走，李凡心惊胆战地跟在她身后。他毕竟不是警察，没有那么大的胆子。

姚伊娜沉着冷静地环顾了一下四周，然后蹑手蹑脚地靠近了东边的房间。她把耳朵贴在门上，听见了孩子在梦中呢喃。

姚伊娜在李凡的耳边悄悄地说："这应该是孩子的房间。"

说完，她蹑手蹑脚地走到西边的窗户下面，李凡急忙跟了过去。姚伊娜侧耳听了听，没有听到男人的鼾声，却听到了一阵窸窸窣窣的声音。紧接着，是女人的呻吟声和男人的喘息声。

李凡有些不好意思，小声说："走吧，这个时候抓人不太好吧！"

姚伊娜坚定地说："这个时候，正是李浩天忘乎所以的时候……是抓捕的最佳时机。别怕，如果他激烈反抗，你帮我一下就行了。"

李凡点了点头。

姚伊娜轻轻地推了一下房门，居然推开了。她打开灯，说："李浩天，跟我走吧！"

李浩天明白过来之后，猛地从女人身上爬起来，赤身裸体地跳开了。姚伊娜以迅雷不及掩耳之势，将手铐戴在了李浩天的左手上。就在这时，李浩天迅速用右手从枕头下面摸出了一把匕首，朝姚伊娜的胸口刺去。

李凡大声喊道："小心啊！"

说着，他冲上前去，攥住了匕首。李浩天猛地将匕首往回一抽，李凡的双手顿时鲜血淋漓。

紧接着，李浩天将匕首刺向了姚伊娜的腰部。李凡往前一冲，挡在了姚伊娜前面，匕首一下子插进了李凡的腹部。

"啊！"李凡大叫一声，抓住了李浩天的右手。姚伊娜使出了浑身的力气，拉过手铐，一下子铐住了李浩天的右手。

李凡的腹部鲜血直流，吓得床上那个女人瑟瑟发抖……

第五章　美丽的借口

元宵节到了，千家万户喜气洋洋。

下午，杨园园早早地就在厨房里忙开了，想准备一桌丰盛的晚餐。可是，饭菜都准备齐了，她却接到了朱宗天打来的电话，说晚上不回家吃饭了。

杨园园气愤地说："你整天都忙些啥？别人家都团团圆圆地过正月十五，你又要干啥去？"

朱宗天说："老婆，你别生气啊！我这不是跟你请假了嘛！晚上，我想和几个兄弟聚一聚。"

杨园园说："天天和那些不三不四的人搅和在一起，像什么样子！你不怕出事吗？"

朱宗天说："老婆大人，你可别看不起我的那些兄弟，那些人可都为我出过力！"

杨园园说："我劝你还是小心一点儿，别自找麻烦！"

朱宗天信心满满地说："不会的！有些事情只可意会，不可言传。"

杨园园气呼呼地说："我不管你，你自己看着办吧！"

杨园园扔下手机，坐在沙发上生起了闷气。

　　过了一会儿，手机铃声响了起来。杨园园没有接电话，以为是自己老公打来的。可是，手机铃声不停地响，吵得她不得安宁。杨园园不耐烦地拿起手机一看，是马忠打来的电话。她立即调整好自己的情绪，温柔地说："喂，小马！你不去追求你的小女警，给我打电话干吗？"

　　马忠叹了一口气，说："唉，不好追啊！"

　　杨园园问："怎么了？"

　　马忠说："你干吗呢？"

　　杨园园说："在家待着呗！"

　　马忠说："姐，今晚我请你吃饭！"

　　杨园园爽快地答应了："好啊！"

　　她看了看自己刚做好的饭菜，灵机一动，说："我刚做好了饭菜，要不要带过去，咱们俩一起吃？"

　　马忠说："好啊！你有饭菜，我有酒！"

　　吃饭的时候，杨园园和马忠频频举杯。不一会儿，一瓶干红葡萄酒就见底了。

　　马忠说："姐，咱们不喝了，再喝就醉了！"

　　杨园园醉眼蒙眬地说："没酒了吧！我的车上有，我去拿！"

　　说着，她准备起身拿车钥匙。由于起得太猛，她眼前发黑，差点儿晕倒。

　　马忠眼疾手快，一个箭步冲上前去，抱住了杨园园。杨园园一下子转过身来，紧紧地贴在了马忠身上……

　　排山倒海的激情过后，两个人静静地躺在了一起。

　　马忠说："姐，我感觉，我和姚伊娜不可能走到一起。"

杨园园问:"她明确对你说了吗?"

马忠说:"没有……凭直觉。"

杨园园说:"哦,是因为我吗?"

马忠说:"不是。姚伊娜和我不是一种人!她整天值班、加班,和我没有共同语言。我们两个人在一起,没有什么可聊的。"

杨园园说:"我真心希望你能找到一个好的对象。以后,咱们不要这样了……"

马忠笑着说:"我不想找了,你就是我的唯一。"

说着,他趴在了杨园园身上……

朱宗天在麻将桌旁玩得正高兴,突然接到了李凤发来的微信:"月圆之夜,可否一聚?"

朱宗天笑眯眯地看了看手机,想了一下,回复:"一会儿见。"

他站起身来,喊道:"小军,你来顶上!我有事,要出去一趟!"

陈小军答应着,跑了过来。在过道里,他悄悄地问朱宗天:"哥,前几天给你转的钱,收到了吗?"

朱宗天恨得咬牙切齿,轻轻地敲了一下陈小军的脑袋:"收到了!跟你说过多少次了,不准转账,你怎么就记不住呢?"

陈小军点头哈腰地笑着说:"记住了,这次记住了!"

朱宗天不再吭声,扭头往外走去。

望着朱宗天离去的背影,陈小军暗自嘀咕着:"你把别人都当成傻子了!那么多钱,都给了你……我就一点儿证据都不留吗?"

拉萨的天空,万里无云。湛蓝的天空下面,布达拉宫壮观而美丽。姚伊娜来到拉萨已经一个多星期了。她没有心情去观光游览，一心扑在工作上。如今，任务完成了，她坐在出租车里，心情好极了。

一上火车，姚伊娜就找到乘务员，说明了情况。她请乘务员帮忙换一下票，最好让他们三个人紧挨着：姚伊娜在下铺，李浩天在中铺，李凡在上铺。看了她的证件，乘务员由衷地感叹道："姑娘，你真厉害！"

于是，乘务员只用了几分钟就把问题解决了。

姚伊娜问李浩天："上厕所吗？"

李浩天摇了摇头。

姚伊娜指着中铺说："那就躺到铺位上去吧！"

李浩天爬到中铺上之后，姚伊娜把李浩天铐在了扶梯上。接着，她从包里拿出一副手铐，把李浩天的脚腕铐在了中铺的栏杆上。然后，她对李浩天说："你要是上厕所，随时叫我！"

李浩天躺在铺位上，问："吴警官没事儿吧，他伤得重不重？"

听到这话，姚伊娜眼圈儿一红，眼泪差点儿掉下来。长途押解，安全是第一位的。她努力控制着自己的情绪，尽量不露出破绽："我师父那么好的一个人，吉人自有天相！你把他的右腿撞骨折了……等咱们回去，他就该出院了吧！"

"那就好。"李浩天喃喃地说。

李凡明白了姚伊娜的用意，补充道："兄弟，你别担心，吴警官没事。但是，十几天的治安拘留，估计你是逃不掉了。"

李浩天若有所思地说："没那么简单吧，至少也得是袭警罪！"

姚伊娜摆了摆手，说："别自寻烦恼了！只要你好好配合，我们会从轻处罚的。你要是好好配合……到时候，我会向主办案件的民警说明你的情况。"

李浩天说:"好的,我愿意配合。"

姚伊娜孤身入藏抓凶手的事情,很快就在局里传开了。大家纷纷竖起大拇指,为这个泼辣的女孩点赞。

刘淑慧整天闷在家里,一天比一天憔悴。她两眼深陷,面无血色,走起路来摇摇晃晃。刘英看在眼里,急在心里。

"不行,再这样下去,她会彻底垮掉的!"刘英思来想去,决定陪女儿走出困境。

这天上午,刘英让老伴儿李佳梅熬了一锅鸡汤。

中午,他打开了刘淑慧的家门。

刘淑慧叫了一声"爸",然后就坐在沙发上发起了呆。刘英盛了满满一碗鸡汤,端给了刘淑慧。

刘淑慧说:"我不想喝。"

刘英说:"孩子,这是你妈专门给你熬的,喝一口吧!"

刘淑慧摇了摇头,说:"爸,我不想喝。"

刘英叹了口气,说:"淑慧啊,你的心情,我理解。心爱的人离去了,谁都会难过。可是,你不应该折磨自己啊!你要是垮了,咱们这个家可怎么办……你有没有替吴子涵想一想?我和你妈都老了,随时都有可能离开你们……"

听到这里,刘淑慧的眼泪夺眶而出。她默默地端起了饭碗,可是一闻见鸡汤的味道,就感觉胃里如翻江倒海一般。她放下饭碗,直奔卫生间。接着,卫生间里传来了一阵剧烈的干呕声。

几分钟后,刘淑慧抹着眼泪从卫生间里走出来,说:"爸,我真的不想喝。"

刘英叹了口气，说："实在喝不下，就算了。"

刘淑慧看着头发花白的父亲，心里很不是滋味。

刘英说："淑慧啊，陪爸爸出去走走吧！你整天闷在家里，也不是个事儿呀！"

刘淑慧说："爸，外面天气冷，还是待在家里好。"

刘英说："天气变暖了，气温正好。走，出去转转！"

说着，他给刘淑慧披上了一件羽绒服。

看守所的房间里，朱二生如同热锅上的蚂蚁，焦急地等待着梁达的消息。十个人住在一间屋子里，晚上放屁和打呼噜的声音此起彼伏，弄得他无论如何都睡不着觉。白天，随时都会站队集合，他实在受不了这种约束。他想在监狱里立功，然后减刑，重获自由。

吃过早饭，朱二生听到管教喊他的名字，急忙回答："到！"

管教民警说："有人提审，你准备一下！"

提审室里，朱二生看见梁达和姚伊娜走进来，激动得浑身发抖。梁达还未开口，他就抢着说："梁警官，我愿意配合！只要能立功减刑，我什么都愿意干。"

梁达严肃地说："你拿法律当儿戏吗？这里不是想进就进，想出就出……"

朱二生讪讪地说："我知道！"

姚伊娜问："你真的愿意配合？"

朱二生点了点头。

姚伊娜淡淡地说:"我估计,你已经暴露了。说不定,人家早就把你当成了'弃子',你已经没什么价值了!"

朱二生急切地说:"没暴露!我需要毒品的时候,会发出特殊的信息……对方收到后,就会给我发'货'。"

姚伊娜惊奇地问:"什么特殊信息?"

朱二生平淡地说:"干我们这一行的,都特别谨慎。上线和下线之间,一般都会有特殊的约定。那些上线——做大买卖的,都是提着脑袋做生意,非常小心。"

姚伊娜问:"你一般多长时间要一次'货'?"

朱二生说:"有时候半个月,有时候一个月,没有固定的周期。只要手里的'货'卖完了,我就会去要……"

姚伊娜问:"上一次,你是什么时候要的'货'?"

朱二生说:"我是在大年三十的前一天要的'货'。收到'货',是在大年三十那天……"

梁达想了想,说:"通常情况下,你也差不多该要'货'了。"

朱二生点了点头,说:"是的。"

梁达站起身来,对朱二生说:"你老老实实地在这里待着!我回去向领导汇报,让你配合我们去抓上线!"

朱二生哀求地看着梁达和姚伊娜,说:"你们可要说话算话啊!"

姚伊娜说:"看来,看守所还是把你教育好了。既然这样,以后就别再吸了。"

回到单位,姚伊娜和梁达向郑爱国汇报了提审的情况。

郑爱国胸有成竹地点了点头。

在研究和部署这次行动的会议上，郑爱国进行了周密而细致的安排。整个抓捕过程环环相扣，不能露出任何破绽。参战民警既要分头作战，又要相互照应。

最后，郑爱国说："这是姚伊娜来咱们禁毒大队以后，第一次作战。希望大家对她多多关照！"

大家纷纷表示："没问题！"

姚伊娜听了，心里暖融融的。

郑爱国说："姚伊娜同志敢打敢拼，善于啃硬骨头。这次执行任务，不是抓捕，而是设法靠近朱二生上线的车，把咱们的跟踪器安到那辆车上。安上了跟踪器，咱们的行动就成功了一大半。梁达，你和姚伊娜一组，假扮成情侣。记住，安全是第一位的！"

梁达坚定地点了点头。

这天上午十点，气温很低。姚伊娜身穿洁白的羽绒服，脚蹬黑色长筒靴，挽着梁达的胳膊，走入了小巷。

目标车辆停放在小巷深处的一户人家门口，要想靠近，必须穿过长长的巷道。时间尚早，路上几乎没有行人，姚伊娜和梁达十分显眼。

就在两个人离目标车辆越来越近的时候，有几双眼睛透过门缝窥视着他们。行动前，据郑爱国分析，这条小巷里有可能住着一个贩毒团伙。想到这里，姚伊娜的手抖了一下。梁达目不斜视地向前走，低声说："别紧张！要朝前看，千万别四处张望！记住，一定不能暴露！"

姚伊娜轻声说："嗯，好的。"

这时候，门后的那几个人走了出来，站在路边盯着姚伊娜和梁达。

远处，郑爱国用望远镜观察着这里的动静。很显然，路边的那几个人是贩毒团伙的马仔。

眼看就要走到目标车辆跟前了，他们一直没有找到机会安装跟踪器。梁达依旧大步流星地往前走，而姚伊娜却心急如焚。

这时候，迎走来了一男一女，举止亲密。姚伊娜定睛一看，这不是马忠和杨园园吗？她立马心生一计，甩开梁达，冲到马忠和杨园园的面前，怒目圆睁地指着马忠骂道："你这个混蛋，居然脚踩两只船！"

梁达没有反应过来，不明白姚伊娜的用意，不知所措地站在那里。

杨园园小声说："小姚，不是你想的那样！"

姚伊娜像泼妇一样，一把揪住杨园园的衣领，吼道："你说，是啥样？"

路边那几个马仔有滋有味地看起了热闹。

马忠上前阻止道："你要干什么？"

说着，他就拉住姚伊娜的衣服，想把她拽回去。

或许是因为用力过猛，马忠把姚伊娜拽了个趔趄，正好撞到了停在路边的一辆路虎车上。

在路边看热闹的那几个马仔同时发出了惊呼声。

姚伊娜捂着脑袋，一股热血从指缝里流了出来。她扶着车尾，站起身来。梁达迅速冲了过来，定睛一看，说："哎呀，流血了！快去医院吧！"

说完，他抱起姚伊娜，朝巷口跑去。

此时，姚伊娜还不依不饶地扭头对马忠说："你等着，我一定会找你算账的！"

医生消完毒，对姚伊娜说："伤口不深，不会留疤，别担心啊！"

说着，医生拿起纱布，敷在了伤口上。

此时，郑爱国、梁达等人正在过道里焦急地等待。看见姚伊娜走出来，大家忙把她扶到了车上。

梁达充满歉意地说："姚伊娜，把你弄伤了，真不好意思啊！"

姚伊娜微微一笑，说："这怎么能怨你呢？"

郑爱国笑着对姚伊娜说："小姚，你这一招也太冒险了！当时，我担心死了！"

姚伊娜笑了笑，说："队长，我早有准备，不会把头撞坏的！"

梁达十分惊讶地看着郑爱国，说："队长，你早就知道姚伊娜会受伤？"

大家都感到莫名其妙，纷纷提出了疑问。

郑爱国笑着说："你们怎么就没看出来呢？小姚是故意受伤的！"

梁达不解地说："我和小姚寸步不离，咋没看出来？"

郑爱国说："要不是姚伊娜急中生智，你们根本就完成不了任务。"

大家齐声说："队长，你是说，咱们的任务完成了？"

郑爱国点了点头，说："嗯，小姚略施苦肉计，完成了任务！"

梁达忽然醒悟过来："小姚，你是在碰破额头的时候，把跟踪器贴上的吗？"

姚伊娜点了点头，说："是的。"

郑爱国说："小姚，给你的对象打个电话，解释一下吧！你当时那个样子，把人家吓坏了吧！"

梁达说："郑队，你连小姚的对象都知道……"

郑爱国说："哈哈，偶然碰到的！有一回，他们在一起吃饭……"

姚伊娜拨通了马忠的电话，刚要说话，马忠就急切地说："对不起，昨晚我喝多了，没控制住自己……"

姚伊娜眼前发黑，根本听不进马忠的解释。她沮丧地挂断了电话，喃喃地说："这居然是真的！"

郑爱国拍了拍姚伊娜的肩膀，说："你要坚强起来！这一次，是我对不起你！"

姚伊娜擦干腮边的泪水，说："这种事儿，早发现比晚发现好啊！"

刘英坚持每天陪着刘淑慧溜达几个小时，为的就是舒缓一下她的心情，让她从抑郁中走出来。他们从金城的七里河黄河大桥一直往东走，到了中山铁桥。

在春风的吹拂下，小草开始发芽了。

刘淑慧跟在刘英后面，默默地走着。她沉浸在往事之中，不愿意面对现实的世界。

刘英走在前面，大声地给刘淑慧讲自己年轻时的故事。讲到开心处，他情不自禁地手舞足蹈起来，完全忘记了自己的年龄。

突然，他在台阶处踩空了，猛地向前倒去。

刘淑慧一个箭步冲上前去，抱住了父亲。一瞬间，两个人都失去了重心，重重地倒了下去。就在即将摔倒的那一瞬间，刘淑慧把身体一扭，垫在了父亲的身体下面。

看着女儿在关键时刻反应如此敏捷，刘英高兴地说："孩子，你的病好了吗？"

刘淑慧什么也没说，仍然面无表情。刚刚燃起的希望之火，瞬间熄灭了。刘英爬起来，拉起了刘淑慧，嘟囔着："唉，你刚才还不如不管我，把我摔死算了！我连自己的女儿都劝不好，活着还有什么意义？"

刘淑慧凝视着父亲，发现他真的瘦了好多，头发全白了。父亲流泪时，她的心都碎了。她不能再这么自私了，整天只想着自己，不考虑父母的感受……

她伸出手，擦去父亲腮边的泪水，说："爸，对不起！"

刘英兴奋地说："淑慧，你真的好了吗？"

刘淑慧流着泪，点了点头。

她拉着父亲的手，坐在台阶上，低声说："爸，失去了国辉，我难受到了极点。我觉得活着没有任何意义，真的想一死了之。是您——我亲爱的爸爸，一直陪伴着我。在这温暖的阳光下，我感受到了亲情，感受到了您对我的爱。谢谢您，老爸！"

刘英老泪纵横，激动地说："淑慧，你是我的女儿，老爸愿意为你付出一切！"

刘淑慧再也控制不住自己的情绪了，搂着父亲失声痛哭起来。

刘英拿出手机，拨通了老伴儿的电话："老婆子，晚上做一顿好吃的……咱们女儿的病好了。到时候，咱们喝一杯，庆祝一下！"

李佳梅流着泪，答应着："好，我这就去准备！"

星期五下午，快下班的时候，马忠心里盘算着该怎么约一下姚伊娜，向她解释一下那天上午的事儿。那天晚上，他和杨园园一起喝了酒。因为朱宗天夜不归宿，所以杨园园不想回家，坚持要在马忠家住。谁知，第二天他们竟然被姚伊娜撞了个正着。

这样的事情，搁在谁身上都是无法接受的。马忠感觉姚伊娜受了委屈，充满愧疚地拨通了姚伊娜的电话，试探着说："晚上一起吃饭吧！"

姚伊娜坚决地说："算了吧，我在外面出差。那天的事情，我也不想再听你解释了。其实，你犯不着啊！咱们又没有结婚，我本来就无权干涉你的自由！咱们俩的工作性质不同，彼此之间不是很了解。依我看，咱们永远也走不到一起。说实话，那天去相亲，是我师父强迫我去的。我不想让师父失望，就有一搭没一搭地跟你谈了谈。如今，我师父去世了，咱们俩的关系就到此为止吧。"

虽然没有陷入爱情的旋涡，但是马忠仍然感觉有一丝不舍。在酒吧里，他独自一人喝着啤酒，听旁边的一位姑娘唱着一首忧伤的老歌。酒不醉人，人自醉。两瓶啤酒下肚，马忠已是头晕眼花，摇摇晃晃地往家走去。

他刚进家门，手机铃声就响了起来。他拿出手机一看，是杨园园打来的电话。

马忠醉醺醺地说："喂……"

杨园园一听，就知道他喝醉了，忙问："今晚有应酬吗？听声音，感觉你喝了不少啊！"

马忠笑着说："没啥应酬！就喝了两瓶啤酒，问题不大！唉，我的那个小女警，明确提出和我分手，以后不谈了。"

杨园园迟疑了一下，说："是因为我吗？"

马忠说："唉，怎么说呢？也是，也不是！说是吧，因为咱们俩那天早上被她撞了个正着。说不是吧，因为我和她是在吴警官的撮合下谈的，相亲的时候见了面，后来又吃过几次饭。不过，我们俩只是聊聊天、吃吃饭，一点儿谈恋爱的感觉都没有。所以，这件事情不怪你！"

杨园园说："你在哪里？"

马忠说："我刚到家。"

"你等着，我去陪你！"杨园园说完，挂断了电话。

汽笛声声，火车徐徐……

眼前的景物一帧一帧地往后退，越退越快，最后变成了一条直线。

"暂别了，金城！但愿我回来时，你依然春光明媚！"姚伊娜一边感叹，一边轻轻地挥了挥手。

这个春天对姚伊娜来说，是个伤心的春天。

师父那熟悉的笑脸变成了永远的回忆，泪水模糊了她的双眼……

梁达从中铺探出头来，问："小姚，想什么呢？"

姚伊娜急忙拭去腮边的泪珠，稳定了一下情绪，轻声答道："没想啥！就是看看外面的风景……"

梁达没有注意到姚伊娜的伤感表情,接着往下说:"你刚来咱们队的时候,队长说你勇敢,我还真有点儿不服气!我想,一个女孩子,能有多厉害?那天,我和你一起执行任务,终于见识到了你的厉害……"

姚伊娜苦笑了一下,说:"那是形势所迫!"

梁达说:"说起来,我比你早入警两年。但是,为了完成任务而把自己的脑袋碰破,我可做不到。"

姚伊娜微微一笑,说:"被逼到那一步了,就只能硬着头皮上了!"

梁达巴结道:"所以,这次和你一起出差,我感觉心里非常踏实。"

姚伊娜开玩笑说:"羞不羞啊!你应该让我感到踏实才对呀!"

梁达拍了拍胸脯,说:"你放心,我向队长保证过了,这次一定保护好你!"

尽管梁达比姚伊娜大几岁,但是他天生一张娃娃脸,身高一米七,长得白白净净,特别像个大男孩。

姚伊娜笑着说:"哈哈,我不用你保护!你把自己照顾好就行了!"

经过一天一夜的疾驰,火车慢慢地减速,驶进了昆明站。

昆明的天空,晴朗通透。大地上,绿树成荫,生机盎然。彩色的花朵在微风中摇曳,散发出迷人的芳香。

走在昆明的街头,姚伊娜仿佛置身于绚丽多彩的画卷之中。她大口大口地呼吸着湿润的空气,目不暇接地欣赏着眼前的美景。她觉得,自己仿佛又回到了少女时代。不一会儿,她的额头上便渗出了密密麻麻的汗珠，一缕发丝粘在了她的脸上。

梁达背着旅行包，笑嘻嘻地跟在姚伊娜后面。他看着少女般调皮的姚伊娜，不由得感叹道："这才是姚伊娜本来的模样！"

出发前，郑爱国对梁达说："这次我把姚伊娜交给你，你务必保证她的安全。你们俩假扮成出去旅游的情侣，一路跟着咱们的目标，只要及时向队里汇报跟踪的情况就可以了。记住，无论在什么情况下，你们都不能实施抓捕！局里会统一安排抓捕的时间和地点……"

刚住进酒店，姚伊娜就打电话向郑爱国汇报了情况。

姚伊娜急切地问："我们的目标到了吗？"

郑爱国说："到了。一会儿，我发给你一个定位。千万记住，你们不能擅自行动，一切听从局里的统一指挥。"

刘淑慧回到单位上班时，孙主任说："让你在家多休息几天，你怎么就这么不听话呢？"

刘淑慧红着眼圈儿说："主任，感谢你对我的关心和爱护！前一段时间，我被抑郁所困，是我爸爸一步步地把我拉了出来。现在好了，我可以工作了……"

孙主任笑着说："我们是一个团队，本来就应该相互关心、相互照顾！"

刘淑慧微笑着说："主任，谢谢你！"

李雯雯和几个护士轻轻地拍着手，说："欢迎我们的护士长归队！"

刘淑慧激动地和大家拥抱在了一起。

急诊科又恢复了往日的活力，大家工作起来个个精神头儿十足。护士们穿着软底鞋，无声地穿梭于各个病房之间，精心地照顾着每一位病人。

李雯雯和值班医生接到急救的通知，拎着急救箱急匆匆地向救护车跑去。

刘淑慧大声喊道："雯雯，你休息一会儿，我和刘医生去吧！"

李雯雯说："我不累，还是我去吧！"

孙主任笑着说："让年轻人多跑跑吧！"

华灯初上，忙碌了一天的刘淑慧下班后，回到了爸妈家。

刘英站起来，问："第一天上班，累不累？"

刘淑慧笑着说："爸，我已经不是小孩子了，你不用这么担心！"

正在吃饭的吴子涵看见妈妈回来了，飞奔过来，搂住了她的脖子："妈妈，你笑起来真好看！"

刘淑慧鼻子一酸，差点儿掉眼泪："宝贝，对不起！妈妈太自私了，没有顾及你的感受！"

吴子涵满肚子委屈地说："前一段时间，我心里可难受了！爸爸没了，要是妈妈也没了，我就成了没人要的孩子了！"

刘淑慧再也控制不住自己的情绪了，泪水夺眶而出。她紧紧地搂住吴子涵，说："不会的，妈妈会陪在你身边！"

母子俩抱头痛哭，两位老人也跟着流了不少眼泪。最后，刘英说："过去的，就让它过去吧！"

春风习习，轻轻地拂过昆明的街头巷尾。霓虹灯在黑夜中闪闪发光，犹如夜空中闪烁的繁星。道路上车水马龙，行人穿梭，充满了生机与活力。来自四面八方的游客在这个热闹的城市里漫步，感受着它的独特魅力。

在这个迷人的夜晚，姚伊娜和梁达穿梭在人群中。根据郑队长发来的定位，目标车辆就在他们俩住的宾馆附近。根据初步推断，犯罪嫌疑人有可能第二天进行交易。

宾馆前面的停车场上，姚伊娜和梁达一边走，一边观察，没有发现那辆路虎车。

姚伊娜焦急地低声说道："会不会弄错了？"

梁达说："会不会在地下停车场？"

姚伊娜拉着梁达的手，快速朝地下停车场跑去。

梁达小声提醒道："小姚，别急，小心被人发现！"

地下停车场里静悄悄的，偶尔有车辆出入。姚伊娜和梁达一转弯，在墙角处发现了那辆路虎车，从车上下来了一个四十多岁的中年男子和两个二十多岁的小伙子。

由于走得太猛，姚伊娜和梁达差点儿撞到那三个人。距离太近，来不及躲闪，姚伊娜急中生智，一把搂住了梁达。梁达没有反应过来，试图挣脱，被姚伊娜死死地抱住了。明白了姚伊娜的意图之后，梁达便和她配合了起来。

那三个人路过他们俩身边时，其中一个瘦得像猴子一样的小伙子瞟了他们一眼。紧接着，那个中年男子便不屑一顾地从他们身边走了过去。那个胖乎乎的小伙子觉得自己好像在哪儿见过姚伊娜，忍不住多看了几眼。中年男子在他头上轻轻地拍了一下，说道："有什么好看的？"

三个人有说有笑地从姚伊娜和梁达身边走了过去。姚伊娜羞涩地轻轻推开梁达，梁达也是满脸通红。

姚伊娜舒了一口气，说："好险啊！那个胖乎乎的小伙子和咱们打过照面！咱们放跟踪器那天，他也在场。"

梁达十分佩服地说："姚伊娜，还是你反应快！"

正午时分，温暖的阳光照耀着大地。大家都沉浸在自己的快乐之中，没有人关心他人之事。路虎车驶出地下停车场，朝城外开去，一辆本市牌照的白色汽车紧随其后。

前一天晚上，回到宾馆以后，姚伊娜便向郑爱国汇报了情况。

郑爱国说："按照原计划行动，实时跟踪他们。你们租车了吗？"

姚伊娜说："郑队，放心吧，准备工作早就做好了。"

路虎车出城后，驶入一个小山村，停在了一个农家院门口。那三个人下车之后，走入了农家院。十分钟后，三个人走了出来，其中一个人提着一个棕色手提袋。中年男子冲着主人挥手告别，"瘦猴"利索地打开了车门。中年男子和胖小伙刚一坐上车，"瘦猴"就驾车飞驰而去。

姚伊娜一边远远地看着，一边嘀咕着："不是大宗交易吗？怎么这么简单？"

梁达摇了摇头，淡定地说："依我看，他们有可能要诈。"

他一边说，一边驾车追了上去。

路虎车在一个郊区的快递收发点旁边停了下来。三个人进去待了几分钟就出来了，那个棕色手提袋不见了。接下来，路虎车兜兜转转，似乎是漫无目的地开来开去，直到天黑才回到宾馆。

晚上，姚伊娜接到郑爱国的电话："小姚，你们提供的信息很准确，对方的货应该是通过快递发出去了。我已经向汪副局长汇报过了……汪副局长非常高兴，夸你们两个能干！"

姚伊娜忧心忡忡地说："郑队，你不觉得事情进展得太顺利了吗？我总觉得其中有诈，但一时还弄不清楚问题出在哪里。"

郑爱国笑着说："小姚，从理论上说，这次任务已经完成了。不过，谨慎一些没什么坏处，我们不应该放过任何疑点。你们俩要注意安全，这帮人很有可能带着武器！"

姚伊娜说："谢谢郑队！"

姚伊娜敲开梁达的房门，走了进去。她把刚才和队长通话的内容复述了一遍，然后说："我总觉得，这次行动好像有点儿太顺利了。他们即使不防着我们，也要防着当地的警察啊！他们的举止十分反常，就那么轻易地把毒品寄出去了……"

梁达看着姚伊娜那双会说话的大眼睛，脸一下子就红了。为了掩饰自己的尴尬，他忙说："哦……我没看出来哪里有破绽。"

姚伊娜见状，站起身来，说："早点儿休息吧！明天咱们继续跟踪，看看他们是不是还有重头戏！"

第六章　斗智斗勇

天刚蒙蒙亮，姚伊娜就起床了。她简单梳洗了一下，就去了停车场。她发现那辆路虎车还停在那里，悬着的心才放了下来。

前一天晚上，她睡到后半夜就醒了，突然想到了那辆路虎车。如果对方凌晨有所行动，那她岂不是会蒙在鼓里！想到这里，她甚至来不及换衣服，就匆匆地跑到地下停车场，找到了那辆路虎车。她远远地望了一会儿，没发现有什么动静，便苦笑了一下，觉得自己太敏感了。

安静的地下停车场里，只有她一个人。要是保安怀疑她有什么企图，把她扣下来，那可就麻烦了。想到这里，她急忙往回走。

刚走出几步，她就听到了一种奇怪的"咔嚓"声。她警惕地四下看了看，没有发现什么异常。她突然想起了美国恐怖片《车库惊魂》中的场景，不由得毛骨悚然。

警察的使命使她快速地冷静下来，慢慢地蹲下，查看着动静。理智告诉她，世上本无鬼，人心生鬼魅。

"咔嚓"声越来越清晰，原来是两个二十岁左右的小伙子正在撬车。他们有可能是盗窃车内财物的小蟊贼！

"胆子也太大了吧！停车场里到处都是监控探头，他们一点儿都不怕吗?"姚伊娜心中暗想。

姚伊娜真想走上前去怒喝一声,制止他们——该出手时就出手!可是,理智占了上风,不能耽误第二天的大事!这两个小蟊贼干不了什么大事,谁会在车上放大量的财物呢?想到这里,她走出了地下车库。

可是,越往前走,她就越觉得心里不安。作为一名人民警察,她不能对这样的事情袖手旁观。

于是,她快速返回了地下停车场。此时,那两个小蟊贼已经撬开了车锁,正在埋头从后备厢里取烟酒。姚伊娜怒喝道:"你们在干什么?住手!"

那两个小蟊贼吓得直哆嗦,抱起偷来的烟和酒就跑。

姚伊娜喊道:"站住!把东西放下!"

那两个小蟊贼跑了几步,忽然发现身后只有姚伊娜一个人,便不再跑了,转过身向姚伊娜走了过来。

"黄毛"小伙子笑嘻嘻地说:"小姐姐,你这算是见义勇为呢,还是想犒劳一个我们哥俩?"

"红毛"小伙子说:"就凭你,想对付我们俩……你疯了吧!"

说着,两个人便笑嘻嘻地向姚伊娜靠拢。

姚伊娜怒斥道:"我是警察,你们最好老实一点儿!"

"黄毛"并不惧怕,斜眼看着姚伊娜,说:"哟,原来是警察小姐姐!我还是第一次看见穿着睡衣的警察小姐姐呢!吓唬谁呢?"

说着,他就要去撕扯姚伊娜的睡衣。

姚伊娜一惊,猛地向后撤了一步,顺势把"黄毛"拽倒在地。

"红毛"看见"黄毛"倒地,立即冲上来,从后面抱住了姚伊娜："小姐姐，今晚我们哥俩好好陪你玩玩！"

姚伊娜瞅准时机，向前一跨，来了个"后抬脚"，一下子踢在了"红毛"的裆部。"红毛"惨叫一声，松开手，蹲在了地上。"黄毛"立即起身，趁姚伊娜不备，一把将她推倒在地。然后，他一个飞跃，骑在了姚伊娜身上，开始扯姚伊娜的睡衣。姚伊娜使出浑身的力气抓住"黄毛"的手……

就在双方僵持的时候，几名保安赶了过来："住手！"

"红毛"和"黄毛"见势不妙，松开姚伊娜，拔腿就跑。

一名保安走过来，拉起姚伊娜，关心地说："姑娘，你没事吧！大晚上的，你怎么到地下停车场来了？你看，多危险啊！"

姚伊娜忙掩饰道："哦，我睡到半夜，忽然发现手机落在车上了，下来取手机……结果，看见这两个人在偷东西。"

两个蠢贼在地下停车场的入口处被摁住了。不一会儿，警察就来了。姚伊娜趁着人多，悄悄地离开了。

回到房间后，姚伊娜惊魂未定，辗转反侧了很长时间才进入梦乡。

第二天上午，姚伊娜和梁达到地下停车场去看了几趟，没有发现任何异常。

姚伊娜心中暗想："难道是我判断错了？"

下午三点，路虎车悄无声息地驶出了地下停车场。

姚伊娜笑着说："狡猾的狐狸，终究会露出尾巴！"

梁达立即开车带上姚伊娜，紧紧地跟着那辆路虎车。

路虎车驶出城后，停在了郊区的一个简易修车铺跟前。梁达嘀咕着："这么好的车，怎么会出现在这样的修车铺里呢？"

这时，修车铺的修理工走过来，卸下了路虎车的备胎。

姚伊娜低声说："有情况！他们是不是想往备胎里塞东西？"

梁达用望远镜观察着修车铺周围的动静。

晚上，姚伊娜接到了郑爱国的电话："小姚啊，你猜对了，那帮人狡猾得很！快递的包裹已经查获，里面的确有一百克毒品。他们这是虚晃一枪，转移我们的注意力！哈哈，幸亏你机灵啊！怎么样，今天有什么收获？"

姚伊娜把当天跟踪的详细情况向郑爱国汇报了一下，郑爱国对他们两个人的表现给予了肯定。

最后，姚伊娜笑着说："郑队，给你讲个笑话！今天下午蹲守的时候，梁达用一个臭屁熏走了一条试图袭击他的毒蛇，哈哈哈……"

郑爱国听完，笑得合不拢嘴。

梁达在一旁笑着说："郑队，别听她的！"

原来，下午的时候，为了弄清楚修车铺的人是如何在路虎车上做手脚的，梁达和姚伊娜来到了修车铺对面的小山坡上。这里的树木枝繁叶茂，易于蹲守。梁达负责观察修车铺周围的情况，姚伊娜则在五十米以外的地方负责警戒。

梁达蹲在草地上，专心致志地用望远镜观察着修车铺周围的动静。微风吹来，从树林中传来一阵低沉的"沙沙"声。几只不知名的小鸟在树梢上跳来跳去，开心地鸣叫着。忽然，一只布谷鸟落在了梁达身后的草地上，蹦蹦跳跳地吸引了姚伊娜的注意力。这时，危险正向梁达逼近，一条一米多长的蛇正在靠近梁达的屁股。

由于距离太远，姚伊娜已经来不及跑过去把那条蛇打跑了。如果姚伊娜大声喊叫，势必会引起注意，暴露自己。怎么办呢？就在她心急如焚，不知如何是好的时候，危险自动化解了。

或许是蹲得太久了，梁达换了个姿势，屁股微微抬了一下。那条蛇刚一靠近梁达，就缩了回去。所以，姚伊娜认为，梁达肯定是在关键时刻放了一个大臭屁，把蛇熏走了。

郑爱国笑着说："梁达，别卖关子了，说说你是怎么把蛇弄走的吧！"

梁达说："纯属无心之举！咱们都知道，抽烟的人无论走到哪里，身上都少不了烟。昆明这个地方很热，衣服穿得少，烟没处放……我急中生智，把几支香烟装进了屁股后面的口袋里。我出了很多汗，那几支烟被汗水浸透了。蛇最讨厌烟草的气味，所以刚一靠近就溜走了。"

郑爱国哈哈大笑着说："梁达，真有你的！"

几天后的一个清晨，路虎车行驶在了返程的路上。按照郑爱国的指示，姚伊娜和梁达驾车跟踪着那辆路虎车。还好，路虎车上的三个人没有耍什么花招儿，直奔金城。姚伊娜发现，连续驾车六七个小时后，梁达很累。于是，在服务区加油的时候，姚伊娜主动提出替换他。

梁达有点儿不放心，说："你一个女孩子，能行吗？还是算了吧！"

姚伊娜不服气地说："哼，别小看人！我可是老司机了！"

说着，她便坐到了驾驶座上。

第二天，太阳升起的时候，路虎车从金城出口的前一个出口驶出了高速路。姚伊娜发现不对劲儿，急忙向郑爱国汇报了情况。

郑爱国笑着说："一切尽在掌控之中！我们已经判断出他们会从那个路口出高速路了！"

姚伊娜说："郑队，你们可真厉害！"

郑爱国胸有成竹地说："在高速路上，我们的两辆车早就把那辆路虎车夹在中间了。"

姚伊娜惊奇地说："什么？我怎么没发现……"

郑爱国笑了笑，说："你刚参加禁毒工作……时间久了就知道了。"

姚伊娜问："下一步怎么办？"

郑爱国说："目前，他们正在靠近收费站。他们一旦进入了收费站，我们就开始抓捕。"

姚伊娜激动地说："郑队，你们太棒了！"

姚伊娜和梁达的车驶入收费站的时候，三名嫌疑人已经被控制住了。

姚伊娜走到郑爱国身边，悄声说："郑队，备胎……车座下面和油箱内，需要重点关注！"

郑爱国点了点头。

搜查持续了三十分钟，没有任何发现。车上除了一包换洗的衣服外，没有任何随身携带的东西。这下，姚伊娜和梁达可傻了眼！他们在修车铺附近弄出了那么大动静，目的是什么？

三名嫌疑人站在旁边，平静地看着警察搜查，脸上露出了无辜的表情。

郑爱国一挥手，命令道："收队！"

讯问室内，两名年轻的嫌疑人直呼冤枉，说自己出去旅游了一趟，回来就被抓了。

在讯问的过程中，那名中年男子一声不吭，既不反驳，也不狡辩。他明白，警察办案是要有证据的。俗话说，抓贼抓赃、捉奸捉双。没有赃物，谁都不能把他们怎么样。

郑爱国、梁达和老民警金伟华轮番上阵，三个嫌疑人不是一言不发，就是喋喋不休地埋怨。

没有证据，二十四小时后，必须无条件放人！

嫌疑人太了解警察了，知道警察是不准刑讯逼供的。

眼看着二十四小时的讯问时间就要到了，姚伊娜主动请缨："郑队，让我试试吧！"

郑爱国觉得，也只能这样了。于是，他便同意了姚伊娜的请求。

讯问室内，姚伊娜仔细端详着那名中年男子。他太平静了，简直是波澜不惊啊！任何一个人，在被警察讯问的时候，都难免会紧张、焦虑。可是，面前这个人却几乎是面无表情。他在静静地等着二十四小时后，警察放人。

问题出在哪儿呢？他们在修车铺里折腾，显然是为了掩人耳目。如果他们是旅行者，那么从他们发出的快递里发现的一百克毒品，该作何解释？

可以肯定，他们是在转移警方的注意力，然后实施更大的犯罪。可是，在他们的车上，警方居然一无所获。他们会不会使用了金蝉脱壳之计？不可能啊！这几天，他们几乎没有离开过警方的视线。

时间过得很快，马上就到二十四小时了。姚伊娜在讯问室里，一边思索，一边来回踱步。那名中年男子佯装睡着，不理姚伊娜。姚伊娜把此次行动的全过程仔细地梳理了一遍，没有发现任何漏洞。她慢慢地走着，突然被什么东西绊了一个趔趄，差点儿摔倒。

姚伊娜仔细一看，原来是犯罪嫌疑人的那包随身携带的衣服。这包衣服本来放在墙边，现在被姚伊娜不小心踢到了地中间。姚伊娜弯下腰，刚要把那包衣服放到墙边，就瞥见那眼名中年男子突然睁开眼睛，目光炯炯地盯着她。姚伊娜猛地一转身，看了那名中年男子一眼。中年男子和姚伊娜对视了一下，慌忙移开了目光。

"哈哈，找到目标了，就是那包衣服！"姚伊娜兴奋地叫了起来。

郑爱国听了姚伊娜的汇报，摇了摇头，说："那里面只有几件穿过的衣服，酸臭难闻！其他的，什么也没有。"

姚伊娜说："凭我的直觉，问题就出在那包衣服上。"

她回到讯问室，发现那名中年男子又打起了瞌睡。姚伊娜从门后拿起那包衣服，放在了地中间。她把包里的衣服一件一件地拿出来，摆在了地上。中年男子不再装睡，目光跟随着姚伊娜的手移来移去。姚伊娜蹲在地上，看着那堆衣服发呆。其实，包里就装了几件过冬的棉衣，估计是他到了昆明以后换下来的。天气不算太热，怎么会发臭呢？是棉花的味道吗？不像！姚伊娜拿起衣服，闻了闻，闻到了一股怪味。

"若要盼得哟，红军来……"姚伊娜的思绪被老民警金伟华的手机铃声打断了。

姚伊娜笑着说:"这不是老电影《闪闪的红星》里面的歌嘛!金哥,你的手机铃声真有特点!"

金伟华说:"我喜欢电影里的小主人公潘冬子——一个机智勇敢的小家伙!"

"潘冬子,潘冬子!"姚伊娜反复念叨着这个名字,脑海中浮现出了电影中小英雄潘冬子的一个经典片段。潘冬子将走街串巷换来的食盐用开水化开,倒在棉衣里,让棉衣将盐水充分地吸收,从而有效地躲开了哨兵的搜查。到了山上游击队的住处,他再用水浸泡棉衣,把棉衣里的盐稀释到水里,然后将水烧干,就可以获得宝贵的盐了。

"我想起来了!"姚伊娜兴奋地跳了起来,"谢谢你,老金哥!"

接着,她打开门,跑了出去。

金伟华十分纳闷地说:"谢我干什么?"

就在郑爱国一筹莫展之时,姚伊娜像旋风一样冲了进来。

郑爱国惊奇地说:"有突破了?"

姚伊娜说:"郑队,你看过《闪闪的红星》吗?"

郑爱国笑着说:"小姚,快说吧,急死我了!"

姚伊娜没有直接回答,而是给郑爱国讲了潘冬子给游击队送盐的故事。

郑爱国一听,猛地一拍脑门儿,大声说:"我也想起来了!"

姚伊娜开心地说:"再狡猾的狐狸,也逃不过猎人的眼睛!"

郑爱国说:"小姚,真有你的!快说说,你是怎么想到的?"

姚伊娜说:"我不小心把那包衣服踢到了地中间,那个中年男子居然一下子惊醒了。我觉得这里面有问题，但是没有找到原因。最后，老金哥的手机铃声提醒了我……"

郑爱国竖起大拇指，说："小姚啊，你真是个机灵鬼！哈哈哈，不简单啊！走，行动！"

这起贩卖、运输毒品的大案告破，共缴获毒品 2.1 公斤。办案民警姚伊娜和梁达双双立功。朱二生为公安机关提供了重要线索，被法院依法从轻处罚。

随着时间的推移，刘淑慧渐渐地从失去亲人的悲痛中走了出来。

时间是最好的良药，可以治愈一切伤痛。在工作中认真负责的刘淑慧，一忙起来就把其他事情都忘了，眼里只有病人。她不怕苦、不嫌脏、不怕累，穿梭于各个病房，全力救治每一个病人。

只有在夜深人静的时候，她才会想起和吴国辉一起度过的那些美好时光。每到这个时候，她都会泪流满面。要是能回到从前，该有多好啊！

刘英看着女儿从痛苦中走出来，感到十分欣慰。吴国辉去世之前，不是加班，就是出差办案，很少陪孩子。直到现在，吴子涵都会说："我觉得，我爸又出差了……还会回来的。"

吃饭的时候，吴子涵开心地给妈妈讲着学校里的趣事。刘英和李佳梅不停地往女儿碗里夹菜，刘淑慧连忙说："够了，你们吃吧！"

刘淑慧感觉到了家的温暖，同时心生愧疚，觉得自己整天忙于工作，没有照顾好父母和儿子。

李凡从拉萨回来之后，因为协助公安机关破案，荣获了公安局颁发的"见义勇为奖"。他找到了一份稳定的工作，在啤酒厂上班。李建国看见自己的孙子走上了正道，心里乐呵呵的。

有一天，李凡忽然接到了陈小军的电话，约他喝酒。

他虽然认识陈小军，但是平时不怎么来往。于是，他就随口说道："我晚上有事，不去了。"

陈小军殷勤地说："你能有啥事儿啊，来吧！你们厂有个叫刘学峰的叉车司机，是我的朋友，把他也叫上吧！"

李凡说："我和他不熟！"

陈小军笑着说："好，我给他打电话吧！你一定要来啊！我这里虽然没什么好酒……几十块钱的酒还是有的。一盘花生米、一盘猪头肉……咱们放开了喝！"

外面的啤酒摊开始营业了，大家都去喝啤酒、吃田螺了，所以陈小军的麻将馆里没什么人。

陈小军、李凡、刘学峰他们三个人就着猪头肉，喝着沱牌酒，聊得很开心。一瓶酒喝干了，陈小军觉得不过瘾，又要打开一瓶酒。

李凡说："别喝了，我明天还要上班呢！"

刘学峰说："喝吧，没事儿！"

两瓶酒下肚，三个人基本上都醉了。

突然，刘学峰神秘地眨了眨眼睛，说："我这儿有好东西，要不要尝一尝？"

李凡一听，就知道刘学峰说的是毒品。他摆了摆手，说："算了，你还是自己留着享用吧！我再也不碰那玩意儿了！"

陈小军虽然不是什么好人，但是绝对不碰毒品。他摇了摇头，说："别在我这儿抽，免得连累我！"

刘学峰摇摇晃晃地走到门口，说："你不跟我玩……我还不想跟你玩呢！"

说完，他转身走了。

李凡起身的时候，电话铃声响了起来。李萍在电话里大声问："凡凡，你在哪里？"

李凡说："我在朋友这儿喝酒、聊天呢！"

李萍焦急地说："快回家！刚才爷爷打电话说，他的心脏不舒服。你快回去看看！"

听说爷爷生病了，李凡一下子跳了起来。

陈小军问："咋啦？"

李凡说："我姐刚才来电话说，我爷爷心脏不舒服。我得马上回去看看！"

陈小军急忙说："那就快去吧！你没喝醉吧？"

李凡连忙摆了摆手，说："没事儿，好着呢！"

他飞快地跑出陈小军家的那条胡同，刚拐进另一条胡同，一辆黑色桑塔纳轿车便悄无声息地停在了刘学峰家那条胡同的尽头。从车上下来四个年轻小伙子，蹑手蹑脚地朝刘学峰家走去。李凡惊出了一身冷汗，幸亏姐姐打了电话，幸亏他在关键时刻守住了底线！要不然，被抓走的人当中肯定有他。

到了家，他发现爷爷正躺在床上听收音机。他急切地问："爷爷，哪儿不舒服？"

李建国笑着说："真是奇怪！当时，我心慌得厉害，就给萍萍打了个电话。不一会儿，我就好了！"

说着，李建国坐了起来。

李凡擦着汗，心想："真是冥冥之中自有天助！就在我意志最薄弱的时候……是爷爷救了我！"

李建国看了看李凡，问："天不算太热啊！你怎么出了这么多汗？是不是跑得太急了？"

李凡点了点头。

李建国叮嘱道："下次别这么着急忙慌了！爷爷死不了！"

讯问室内，梁达看着刘学峰，说："刚戒完毒，才出来几天啊，你就馋了！你这毒品是从哪儿弄来的？"

刘学峰气呼呼地说："梁警官，是不是李凡那小子举报的？给他抽，他不抽……净在背后使坏！"

梁达笑了笑，说："还真不是他！话又说回来了，就算是他举报的，你也是罪有应得！"

刘学峰嘟囔着："那会是谁呢？"

梁达说："实话告诉你吧，谁也没有举报你。按照规定，我们定期对吸毒人员进行检测，就来找你了。竟然有这么巧的事儿，你居然吸毒了！你说怨谁？"

刘学峰低头不语。

梁达突然回过头来，问："刚才，你说李凡和你在一起……他吸了没有？"

刘学峰一听，眼珠子一转，说："吸了！"

他心中暗想："就算你小子没吸，我也要让警察到你家去，骚扰你一下！哼，我的日子不好过，你也别想过安稳日子！"

李凡刚刚进入梦乡，就被一阵敲门声惊醒了。李建国打开院门，姚伊娜带着两个人走了进来。

她悄声问："李爷爷，李凡在家吗？"

李建国警惕地说："怎么啦？"

姚伊娜说："我要找他核实一下情况。"

李建国喃喃地说："怪不得我心慌呢！他是不是又干了什么坏事儿？"

姚伊娜说："爷爷，现在还不能确定，只是核实一下。您别着急上火啊！"

李建国指着李凡的房间说："他在里面睡觉呢！"

姚伊娜一挥手，随她一起来的那两个人就冲进了李凡的房间。不一会儿，李凡就被带了出来。

姚伊娜走上前去，盯着李凡，说："在拉萨的时候，你是怎么答应我的？安安稳稳地过日子，远离那些垃圾……你怎么又和那些人搅和在一起了？"

李凡无辜地说："姚警官，我已经改过自新了。晚上，陈小军叫我去喝酒。我推辞不了，就去了。"

姚伊娜生气地说："喝完酒呢，吸毒了没有？"

李凡坚决地摇了摇头，说："他吸了，我没吸。"

姚伊娜追问道："你能忍得住？"

李凡委屈地说："我真的没有吸！要不，你把我带到派出所去做尿检吧!"

姚伊娜的态度缓和了下来:"我不是不相信你!现在,有人反映,你也吸了。"

李凡苦笑着说:"那我跟你去派出所做尿检吧!"

公安局内部有个不成文的规定:时间过半,任务过半。所谓的任务,其实就是衡量各个业务部门是否忠诚履职、为民办事的指标。

看着挂在网页上的全局排名表,任务完成得好的单位,人人脸上挂着微笑;任务完成得差一些的单位,个个耷拉着脑袋,既不服气,又无可奈何。

这个时候,从局里传来了好消息,要提拔一批干部。任务完成得好的单位,大家都喜上眉梢,跃跃欲试。未完成任务的单位,大家都暗中较劲儿,恨不得立刻追上来。一时间,在公安局内部,形成了你追我赶的局面,呈现出了蓬勃发展的良好势头。

这一天,郑爱国把姚伊娜叫到办公室,说:"小姚,这次提拔,你很有希望!在工作方面,你表现得很突出,破过大案,一定要加油啊!"

姚伊娜微微一笑,说:"郑队,您是在开玩笑吧!咱们局里有那么多优秀的民警,个个成绩突出,哪轮得到我呀!"

郑爱国大声说:"小姚啊,小姚!提拔干部不是论资排辈,要综合考量一个人的素质。你要有信心!"

姚伊娜不好意思地笑了笑,说:"郑队,我可听说了,这次提拔,竞争非常激烈!"

郑爱国说："年初，你只身前往西藏，擒获了撞伤你师父的李浩天。后来，你和梁达昼伏夜出，破获了贩卖、运输毒品的大案，荣立了三等功。我看，咱们队里的副职非你莫属！"

姚伊娜感动地说："郑队，有您这些话，我就知足了。"

郑爱国想了一下，意味深长地说："小姚啊，咱们公安队伍，需要干劲儿足、有活力的年轻干部。只要你问心无愧，真心实意地为人民服务，前途就是光明的！"

姚伊娜点了点头，说："嗯，我明白了！"

几天后，政工监督室通知各支部，在全局范围内推荐干部人选。于是，郑爱国毫不犹豫地把姚伊娜报了上去。

当天晚些时候，汪晨把郑爱国叫到了办公室，说："老郑啊，在推荐年轻干部方面，你很有眼光啊！"

郑爱国笑了一下，得意地说："汪局，说实在的，我们大队的副手空缺了好长时间。这次如果我说了算，就选姚伊娜。这个女孩子不怕苦，不服输，很适合这个岗位。"

汪晨笑了笑，说："你说的那个姚伊娜，的确不错！就让她到凤凰派出所任副所长吧！"

郑爱国说："汪局，我好不容易看上一个人，你又给弄走了，咱们这禁毒工作以后怎么干？"

汪晨不以为然地说："你的意思是，禁毒大队离了姚伊娜，工作就干不了啦？"

郑爱国说："也不能这么说！但是……"

汪晨说："先运行一段时间吧！"

郑爱国说："汪局，我有个请求：暂时把姚伊娜留在我们队里。我想让她去一趟云南！上次破案后，姚伊娜和梁达又有了新的发现，去云南可以破更大的案子。"

汪晨说："好，那就试试吧！"

朱宗天常常夜不归宿，令杨园园反感到了极点。她吵过，闹过，但是收效甚微。俗话说，狗改不了吃屎。刚吵完架，朱宗天还能老实几天，可是过不了多久，他就会恢复原样。

杨园园气愤地说："这哪像个家呀！孩子住在寄宿学校，你又不回家，我跟守活寡有什么区别？"

朱宗天振振有词地说："我挣钱、拉关系，还不都是为了这个家！要不是我在后面给你运作，你那个校长也当不踏实！"

杨园园轻蔑地说："你就吹吧！以后，你千万不要再干预我的工作了！我完全是凭自己的能力……不愿意被人照顾！如果我的能力不行，领导可以随时撤掉我！反倒是你，好歹是个副局长，整天混在麻将馆和酒店里，真的不怕出问题吗？你挣回来的那些钱，我一分也不会花。我劝你，还是好自为之吧！你头上悬着的那把刀，早晚会落下来！"

"放屁！"朱宗天气呼呼地骂了一句，摔门而去。

半夜，他醉醺醺地回到家里，想往杨园园的被窝里钻。结果，杨园园一脚把他踹到了地上。

杨园园翻来覆去地想了一晚上，觉得离婚是最好的选择。

第二天早晨，杨园园起床的时候，朱宗天早已不见了踪影。洗漱完毕，杨园园急匆匆地煮了一包方便面，草草地吃了几口，就去学校上班了。

八点十分，她在学校门口下了出租车，快速地向校园里走去，差点儿与一个穿着暴露的女子撞了个满怀。

这个时髦的女子挡住了她的去路，说："你好！你是杨校长吧！"

杨园园十分诧异地看着对方："你是……"

这名女子小声说："我叫李凤，是你老公的情人。我怀孕了！"说着，她拿出一份化验单，让杨园园看。

杨园园十分惊愕地看着她，强压住心中的怒火，低声骂道："滚！你们这对狗男女，滚得越远越好！"

李凤不屑一顾地说："我就是来告诉你一声！放心吧，我也是要面子的人，不会在这里大吵大闹！"

杨园园忽然觉得头晕目眩，倒退了几步。学校的保安飞奔过来，一把扶住了杨园园："杨校长，您没事儿吧！"

杨园园说："没事儿，你去忙吧！"

李凤凑过米，说："杨校长，保重身体！"

说完，她扬长而去。

杨园园不想被别人看见，快步走进了办公室。还好，没有人来汇报工作。她拿起手机，在微信上给朱宗天留言："我果然没有猜错，你是个人面兽心的畜生！李凤告诉我，她怀孕了。咱们还是尽快离婚吧！"

姚伊娜、梁达和李凡坐上了开往昆明的火车。

上次破案的时候，姚伊娜发现一个叫"马木书"的小马仔是个漏网之鱼。从目前掌握的线索来看，他全盘接手了云南那边的生意，而且胆子比较大，在边境一带活动。他的反侦查能力很强，知道手机会被监听或跟踪。所以,他和别人进行交易的时候,都是面对面。姚伊娜通过特殊手段掌握了他的情况,想让李凡协助他们破案。

李凡很爽快地答应了:"姚警官,我愿意帮你!"

在火车上,梁达不仅无微不至地照顾姚伊娜,而且对李凡关爱有加。同车的乘客纷纷竖起了大拇指,夸奖梁达是个好同志。

梁达指着李凡,随口对大家说:"这是我表哥!他一直待在农村,没坐过火车。我们旅行结婚,让他跟着我们去看一看外面的世界。"

听梁达这么一说,姚伊娜的脸一下子就红了。

到达昆明之后,梁达和姚伊娜坐上一辆出租车,到和马木书约见的地方去看了看。确认马木书的确住在那里之后,他们便立即返回了宾馆。

晚上,李凡躺在床上看电视。梁达叫他去吃夜宵,他不去。然后,梁达敲了敲姚伊娜的房门。姚伊娜刚冲完澡,正拿着吹风机吹头发。

姚伊娜把房门打开,说:"进来坐吧!"

梁达见姚伊娜穿着睡衣,不好意思地说:"你先吹头发吧!一会儿,咱们到外面去转转!"

姚伊娜低头一看,发现自己穿着睡衣,脸一下子就红了,慌忙说:"好吧。你在楼下等我,我马上就下去!"

姚伊娜换好了衣服,便下楼了。梁达见到姚伊娜,被她青春靓丽的打扮吸引了。只见姚伊娜一身休闲打扮,秀发飘逸,美丽大方。

梁达不由得惊呼："太美了!"

姚伊娜嗔怪道："油嘴滑舌!"

梁达笑着说："我说的是真心话!"

梁达和姚伊娜并肩走出宾馆的院子，来到了街上。在熙熙攘攘的人群中谈事情，不会引起任何人的注意。他们俩把在现场发现的情况详细地分析了一下。

姚伊娜想了想，说："李凡不会有危险吧?"

梁达一愣，说："不会吧! 据我了解，李凡是去买毒品，构成不了威胁……对方只要不是神经病，就不会轻易动手伤人。"

姚伊娜沉思了片刻，点了点头，说："咱们俩和他一起去，保证他的安全!"

梁达有些担忧地说："咱们无法贴身保护他，只能远远地看着。能不能应付得了，就要看李凡的反应能力了。"

姚伊娜说："那就看咱们的运气了!"

刚从宾馆的院子里出来的时候，为了营造气氛，姚伊娜挽着梁达的手臂。后来，他们不由自主地变成了牵手……

李凡美美地睡了一大觉，天刚亮就起床了。梁达一骨碌爬起来，问："你是不是太紧张了? 夜里没睡好吗?"

李凡说："不知道怎么搞的，总觉得心里不踏实。马木书这个人，我听说过。但是，我没跟他交流过，不知道他的脾气秉性。我觉得，他不会把我怎么样……"

梁达安慰道："你不要顾虑太多，我们会保证你的安全! 实在谈不成，就立刻退出，不要打草惊蛇!"

李凡满不在乎地说:"吸上了毒品,我活着也就没啥意义了。"

梁达严肃地说:"别胡说!"

李凡说:"一路上,你们无微不至地关心和照顾我,让我体会到了温暖。这么多年来,我一直孤独地生活,习惯了冷漠。我整天担惊受怕,活到三十多岁才明白,吸毒会让人走上不归路。我怕警察抓我,怕朋友瞧不起我。梁警官,我发誓,一定会戒毒……好好地活下去。"说完,他眼圈发红,泪水在眼眶里打转。

梁达轻轻地拍了拍李凡的后背,说:"嗯,好样的!我相信你!"

马木书住在一个偏远的小山村,这里总共有十来户人家。村里只有一条窄窄的土路,勉强能够通行。还好,村里只有马木书有车,不存在会车的问题。从山口到村子里,要走两公里的路。路上没什么人,要是有人进村,村里人一眼就能看到。当初,马木书选择了这个村子,就是因为这里"一夫当关,万夫莫开",很适合贩毒。一旦判断出进来的人是警察,他就可以迅速地逃到村后的山上。

烈日当头,骄阳似火。破旧的公共汽车缓缓地爬上山坡,停在了路边。李凡下了车,头也不回地向前走去。车子继续行驶了大约一公里,在村口停了下来,姚伊娜和梁达下了车。

梁达拉着姚伊娜,钻进了小树林。

梁达从包里拿出几件农民穿的衣服,说:"快换上!"

说完,他便把包里装的另一套衣服换上了。姚伊娜迅速地换上了那套女式的衣服,然后麻利地把两个人换下来的衣服装到了包里。梁达拉着姚伊娜,朝李凡下车的地方走去。

路上，梁达抻了抻自己身上的衣服，说："看，咱们俩真像一对老实本分的农村夫妻！"

姚伊娜打量了一下梁达，又看了看自己，笑着说："太像了！你是怎么想到这个办法的？"

梁达说："昨晚，大家睡下后，我满脑子都是今天的行动。我仔细分析了每一个环节，突然想到，如果咱们穿着原来那身衣服出现在村子里，肯定会引起马木书他们的怀疑。我急中生智，去烧烤摊的老板那儿高价收购了一套旧衣服。当时，老板说：'你们是拍抖音的吧！'我说：'是啊！'老板说：'巧了！我和媳妇在地里干活儿时穿的衣服，都在屋里放着呢！'说完，他就进去把衣服拿了出来……"

姚伊娜说："你想得可真周到啊！"

天气炎热，两个人大汗淋漓地艰难跋涉，终于来到了李凡下车的路口。靠近村庄的时候，他们发现地里有两位老人正在拔草。

梁达从包里取出两瓶饮料，递给两位老人，说："叔叔、阿姨，我们帮你们拔草，顺便拍几张照片！"

两位老人高兴地说："可以！"

于是，梁达和姚伊娜有模有样地拔起了草，酷似一对农民夫妇。

李凡来到马木书的住处，敲了敲门。

一个小伙子打开门，问："你是干什么的？"

李凡说："我来找马老板。老家的人让我给他带句话，问他土豆粉好吃不。"

小伙子不耐烦地说："他不在，你快走吧！"

李凡说："我大老远地来一趟不容易，就让我见见他吧！"

小伙子生气地说："别废话了，不在就是不在！"

说着，他就把李凡往门外推。

李凡被小伙子推了个趔趄，险些摔倒。他生气地大声说："你是马老板的什么人？竟敢这样对我！马老板和我是同乡……发财了，就看不起人了！"

小伙子见状，回到了房间。不一会儿，马木书走了出来。他冲着李凡说："抱歉！老家来的人，当然要接待了！"

说着，马木书走过来，拍了拍李凡的肩膀。他拉着李凡的手，向屋里走去。

喝了一会儿茶，李凡说出了此行的目的，就是想要一些"货"。

马木书装作没听懂，说："什么货？"

李凡笑了起来，说："哥，你就别装糊涂了！"

马木书嘿嘿一笑，说："兄弟，我根本就不认识你，怎么相信你？"

李凡说："干咱们这一行的，哪个不是提着脑袋过日子！说实话，我来找你，心里也没底……"

马木书想了一下，问："你是一个人来的？"

李凡说："谈生意嘛，我一个人就够了！人多了，容易引起怀疑。"

这时候，走进来一个四十多岁的男人，在马木书的耳边说了些什么，然后就离开了。接着，马木书哈哈大笑起来。李凡心里有些发毛，忙问："马老板，你不相信我？"

马木书说："兄弟，你误会了！你果然很有诚意，的确是一个人来的！你的买卖，我接了！说吧，要多少？"

李凡说："二十公斤。"

马木书一下子跳了起来，惊讶地说："你疯了吧！怎么要这么多？"

李凡轻描淡写地说："要是没有那么多，十公斤也行。不能再少了！"

马木书想了想，说："不能蛮干呀！就五公斤吧！你怎么付款？"

李凡说："先付给你订金，交货时把尾款一次性结清。"

马木书毫不客气地说："五十万元，现金支付。先付款，后供货！"

李凡说："你不相信我，让我怎么相信你？你要是耍赖怎么办？先付二十万吧，我手头有点儿紧。"

马木书说："别争了，就三十万！"

李凡说："痛快！就这么说定了！我是真心和你做生意，你可要守信用啊！"

马木书笑了笑，说："我要是坑蒙拐骗，你还会这么大老远地来找我吗？"

李凡说："好，两天后，我把订金打到你的账户上。"

李凡兴高采烈地往外走，马木书突然叫住了他："兄弟，这里的公共汽车，一天就两班。下午那趟车，很晚才会来。我开车送你吧！"

"好啊！"李凡开心地说。

在夕阳的余晖中，姚伊娜和梁达回到了宾馆。

他们打开房门,发现李凡正在睡觉。

梁达笑着说:"你居然能睡着!"

李凡说:"我刚回来就睡了,一直睡到现在。我心里那块大石头总算落地了!你知道我的压力有多大吗?真是后怕……"

姚伊娜说:"别贫嘴了,快说说任务完成得怎么样吧!"

于是,李凡便眉飞色舞地讲了起来。姚伊娜和梁达在旁边听着,满意地点着头。

最后,李凡愧疚地说:"我替你们做主,答应了订金的事。那可是三十万啊!现在咋办?"

梁达也犯起了愁,说:"是啊,这还真是个棘手的问题!要是领导不同意,那可咋办呀!"

听了姚伊娜的汇报,郑爱国说:"小姚啊,你别担心!钱的事情,我去和局领导商量。"

一切都安排妥当之后,梁达才放下心来。

他对姚伊娜说:"哎呀,我都快饿死了!咱们吃烧烤去!"

姚伊娜说:"先别急着吃……先冲个澡,把衣服换下来吧!咱们刚进宾馆的时候,那些服务员都用异样的眼光看着咱们……"

梁达这才想起来,连忙说:"好吧。"

姚伊娜回到房间,迅速冲了个澡。她无意间瞥见了那套农妇穿的衣服,脑海中又浮现出了她和梁达假扮农民夫妇的情景,不由得笑出声来。

临出门的时候,他们想叫上李凡,可是李凡说什么也不去,说自己吃包方便面就好了。

姚伊娜说:"那怎么行!咱们是一起出来的,不能把你撂下。"

李凡说："姚警官，你的好意，我领了。我这个人，没那么多讲究，吃饱就行……"

姚伊娜想了想，说："好吧。我们给你点一份外卖吧，别吃方便面了！"

李凡没有再推辞。

梁达说："我来吧！"

说完，他就迅速地下了单。

出门时，细心的梁达把那两套衣服带上了。姚伊娜用疑惑的眼光看着他，他赶忙解释道："只用了一天，扔了多可惜呀！吃饭的时候，咱们把衣服还给那个老板吧！"

姚伊娜笑着说："没看出来，你还挺细心的！"

梁达大言不惭地说："我这个人，优点多着呢！你就慢慢发现吧！"

姚伊娜微笑着举起拳头，轻轻地捶了一下梁达的肩膀，说："你就吹吧，哈哈哈……"

说话间，两个人来到了那家烧烤店。梁达跑到后面去给老板送衣服，过了好长时间才出来。

姚伊娜问："你怎么去了那么长时间？"

梁达说："老板是个实在人，拉着我说了半天话，非说今晚这顿饭他请……"

姚伊娜说："你同意了？"

梁达挺直了身子，拍了拍胸脯，说："我是那种吃霸王餐的人吗？我当然没有同意！"

不一会儿，烤土豆片、烤羊肉串、烤大蒜等好吃的东西都上来了，两个人狼吞虎咽地吃了起来。

老板过来添水的时候，坐了下来，冲着梁达说："小梁，你的媳妇好漂亮啊！"

梁达的脸一下子就红了起来，心里乐开了花。

老板冲着姚伊娜说："那个烤大蒜，是我去年回老家时学会的。味道怎么样？"

姚伊娜说："嗯，挺好吃的！"

老板说："妹子，你的眼光不错！小梁是百里挑一的好人，大方、机灵……"

有了老板的参与，姚伊娜和梁达越吃越起劲儿，晚餐吃了两个多小时。

夜深了，姚伊娜和梁达并肩往回走。路上，姚伊娜笑着说："梁达，你的谎言……到底骗过了多少人？"

梁达不解地问："什么谎言？"

姚伊娜说："你见人就说我是你媳妇，那些人居然都信了！你的脸皮可真厚呀！"

梁达认真地看着姚伊娜，说："我真想让你当我的媳妇！"

四目相对，两个人竟然沉默了一阵子。

姚伊娜猛地一回头，说："梁达，你在开玩笑吧！"

说完，她便向前跑去。

梁达愣了一下，大声喊道："我说的是真的！别跑，当心摔着！"

说完，他便追了上去。

在一棵大榕树下，梁达追上了姚伊娜。

他一把拉住姚伊娜的手臂，气喘吁吁地说："慢点儿，累死我了！"

巨大的榕树冠遮住了路灯光，梁达瞪大了眼睛，对姚伊娜说："我真的喜欢你！"

姚伊娜靠在榕树上，说："你没开玩笑吧……"

梁达认真地说："第一次和你一起执行任务的时候，我就喜欢上你了。"

姚伊娜不再说笑，温柔地注视着梁达。梁达鼓起勇气，抱住了姚伊娜，轻轻地在她脸上亲了一下。

这时，从不远处传来了脚步声。

姚伊娜轻轻地推开梁达，说："太晚了，回去吧！"

早上，刚一上班，郑爱国就来到汪晨的办公室，汇报了姚伊娜和梁达的情况。

汪晨说："三十万，这可不是个小数目啊！万一被骗了，怎么办？"

郑爱国说："汪局，我就是怕被骗，才下不了决心。"

汪晨沉默了良久，一拍桌子，说："舍不得孩子，套不着狼！责任由我来承担！"

郑爱国说："我举双手赞成！"

汪晨说："抓紧时间，派人给咱们订两张机票。咱们一起过去督战！"

汪晨他们把订金打入指定账户后，李凡很快就收到了两天后交易的信息。不过，具体的时间、地点还没有定下来。李凡知道规矩，便没有多问。

按照汪晨的要求，梁达和姚伊娜很快就和当地的禁毒大队进行了对接。

两天的时间，转瞬即逝。晚上，汪晨和郑爱国来到了宾馆，住进了姚伊娜提前给他们安排好的房间。两个人洗漱完毕，便和其他同志一起出去用餐了。吃饭的时候，汪晨对姚伊娜和梁达的工作给予了充分的肯定。

郑爱国趁机说："汪局，我的眼光，没的说……"

汪晨明白郑爱国的意思，故意说："嗯，小姚的确非常棒！其实，能力强的人，在哪个岗位都一样……"

郑爱国笑着摇了摇头，说："我是真舍不得啊！"

大清早，战斗就打响了。当地的二十名警员全部到位，蓄势待发。汪晨担任总指挥，郑爱国和当地的禁毒大队负责人蒲成军担任副总指挥。姚伊娜和梁达组成了联络组，其他人员组成了抓捕组。

一开始，马木书说在城东进行交易。后来，他又把交易地点改成了城西。如此折腾了五六次，也没个结果。汪晨果断下令，姚伊娜和梁达继续联络，其余人员原地待命，不能让毒贩牵着鼻子走。

梁达驾驶着一辆黑色轿车，缓缓地行进着。姚伊娜坐在副驾驶座上，李凡坐在后排。整整一上午，他们被马木书调来调去，弄得晕头转向。

姚伊娜生气地说："这个马木书，花招可真多啊！"

梁达说："毒贩都这样！他是在试探，生怕被抓！沉住气，他很快就要现身了！"

下午四点，李凡接到了马木书的电话，确定在城西交易。

马木书在电话里说："我不希望看到其他人！"

李凡说："我在这里两眼一抹黑，能把你怎么样？"

狡猾的马木书说："你现在就去找一个跑黑车的司机，要女的！让她把你送过去……我的人会把货装到你的车上！"

李凡苦笑着说："跑黑车的都是男的，上哪儿去找女司机啊！"

马木书不容置疑地说："那我不管，你自己想办法！"

李凡说："女司机不好找，你得多给我点儿时间！"

马木书说："我给你半个小时，够了吧！"

接着，他们约定了具体的交易地点。

李凡把交易地点和对方的要求告诉了姚伊娜。

姚伊娜一听，笑了起来。

梁达好奇地问："你笑啥？"

姚伊娜说："你不觉得这个地址很熟悉吗？上次咱们去的那个修车铺，你把毒蛇熏走的地方……"

梁达说："哦，想起来了！那个地方应该是他们的老巢！"

姚伊娜说："嗯，有可能！"

姚伊娜立即向汪晨汇报了这里的情况。汪晨下达了指示，让梁达立即下车，和当地警方会合，想办法接近目标。姚伊娜装扮成女司机，开车把李凡拉到了那家修车铺。

很快，姚伊娜和李凡就来到了那家修车铺附近。四下空无一人，李凡的电话铃声准时响了起来。

马木书说:"你们都下车,把四个车门都打开!"

李凡和姚伊娜下车后,打开了所有车门。

电话里传来了马木书的笑声:"稍等,五分钟后到!"

不一会儿,一辆白色小轿车飞驰而来,直接驶入了修车铺。从车上下来了两个二十多岁的小伙子,从修车铺里走出来一名五十多岁的男子。

这时,从远处驶来了一辆"三马子",上面坐着四个当地人。他们一进修车铺就大声喊叫起来:"老板,帮我们往轮胎里打气!"

白色轿车上的两个人见"三马子"上坐着一帮农民,便不再理会。他们俩走到李凡跟前,低声说:"你是李哥?"

李凡点了点头,说:"是。"

其中一个小伙子二话不说,打开后备厢,取出一个黑色密码箱,放在了姚伊娜的车上。

按照事先的约定,目标一出现,姚伊娜就要发出抓捕的信号。看到两个人接头成功了,姚伊娜便果断地发出了信号。但是,没见有人冲进来,她心里有些着急。

就在这时,那几个农民以迅雷不及掩耳之势摁倒了那两个小伙子和修车铺的那名男子,把李凡也摁倒在了地上。

一分钟之内,他们就控制住了犯罪嫌疑人。这时,一个农民打扮的人笑着向姚伊娜走了过来。姚伊娜定睛一看,这个人竟然是梁达。她激动地搂住梁达的脖子,说:"咋不提前说一下?我都快急疯了!"

战友们见状,都替他们感到高兴。姚伊娜急忙松开梁达,羞涩地擦去了眼角的泪珠。

第七章　正邪较量

初秋的夜，皓月当空，凉风习习。

正在值班的刘淑慧查看完病房，回到了护士站。和她一起值班的李雯雯根据医嘱，给病人分发了当晚的口服药。

夜已深，病人陆续进入了梦乡。

凌晨一点，下了夜班，刘淑慧拖着疲惫的身躯向家里走去。明亮的路灯下，几乎没有行人。

单位离家不算太远，顶多十分钟的路程。当初，她和吴国辉商量买房的时候，就选择了离她的单位近的房子。

吴国辉说："选一个离你们单位近一些的房子吧，你上下班方便。我工作忙，经常加班，没办法接送你。"

刘淑慧笑着说："好，都听你的！"

如今想来，吴国辉当时的决定十分正确。

这段路，她走了许多年。路上的沟沟坎坎，她心里一清二楚。穿过大路，走进小巷，她的脚步声十分清脆。一阵微风吹来，路边的槐树发出了"沙沙"的响声，接着传来了一阵"叮咚"声。

深更半夜的，谁在修车？

刘淑慧观察了一下周围的情况，没发现什么异常。

难道是幻听?

刘淑慧苦笑了一下,继续往前走。可是,那个声音又响了起来。胆大心细的刘淑慧躲在一辆车后面,仔细地听了听,发现那个声音是从远处的一辆大货车附近传来的。她悄悄地蹲下来,透过车与车之间的空隙,看见两个二十岁左右的小伙子正在卸大货车的电瓶。

刘淑慧见状,差点儿惊叫起来。

怎么办?

刘淑慧一下子想起了吴国辉经常挂在嘴边的话:"遇事莫慌!"

她努力让自己平静下来,但是根本做不到。

这时,她想起了刚当上副所长的姚伊娜。于是,她哆哆嗦嗦地拨通了姚伊娜的电话。

姚伊娜接起了电话,问:"嫂子,这么晚了,有啥事?"

刘淑慧声音颤抖地说:"小姚,我看见有人在偷大货车的电瓶。"

姚伊娜掀开被子,一下子坐了起来,说:"什么?"

刘淑慧小声说:"两个小伙子在偷电瓶!"

姚伊娜果断地说:"嫂子,千万别惊动他们!我一会儿就到!"

挂断电话之后,刘淑慧哆哆嗦嗦地抬起头,发现那两个人没了动静。

她壮着胆子,快速向前走了几步。

两个小偷已经卸下了电瓶,正抬着电瓶快速离开。

刘淑慧急得直跺脚,在心里祈祷着:"小姚,快来啊!"

刘淑慧瞬间热血沸腾,正义感和使命感涌上心头。她快速跑到路中央，冲着两个小偷的背影大声喊道："站住！"

两个小偷听见喊声，吓破了胆，扔下电瓶就跑。其中一个小偷因为过度紧张，"扑通"一声摔倒在地。他爬起来之后，环顾四周，发现只有刘淑慧一个人，便把同伴喊了回来。

两个人重新抬起电瓶，朝刘淑慧骂道："快滚，臭婆娘，不要多管闲事！"

说着，两个人便向前跑去。

刘淑慧追了几步，大声说："你们年纪轻轻的，干点儿什么不好，非要干这个！这可是犯罪啊！街上有那么多监控探头，你们是跑不掉的！"

两个小伙子停下来，骂道："快滚吧！你管得着吗？"

刘淑慧大声劝道："小伙子，别执迷不悟了！一会儿警察就来了！"

其中一个小伙子说："你报警了？"

刘淑慧点了点头。

这时，一辆警车疾驰而来，停在了刘淑慧身边。

姚伊娜跳下车，说："嫂子，你没事吧！是他们吗？"

刘淑慧说："就是他们！你总算来了，快把他们带回去好好教育一下吧！"

姚伊娜竖起大拇指，说："嫂子，你太棒了！放心吧，我们会依法对他们进行处理！"

星期五下午，杨园园忙完手头的活儿，已是华灯初上了。在霓虹灯的映射下，她茫然若失地走在街上。

上个月和朱宗天办理了离婚手续之后，杨园园感觉自己的心一下子被掏空了。

以前，她忙完了工作，就会急匆匆地往家跑。回到家里，她做的第一件事就是给老公做饭，让他一回家就能吃上可口的饭菜。

不知从什么时候开始，她不再那么渴望回家了。朱宗天当上副局长之后，酒局不断，经常喝到后半夜。他总是醉醺醺地回到家，迷迷糊糊地躺下就睡。杨园园好言相劝，他根本就不听。接下来，便是无休止地抗议、争论、吵闹。希望一点点地破灭，到了无法挽回的地步。

无数个夜晚，杨园园独自对着月亮发呆。她虽然没有以泪洗面，但是已心如死灰。

在暑假培训班，她被马忠的调皮、机智、幽默深深地吸引了。于是，她的那颗少女之心复活了。篝火晚会上，她大胆地把自己献给了他。

从此，他成了她的真爱。

烤羊肉的香气扑鼻而来，杨园园感觉肚子很饿。她坐下来，要了几串烤羊肉和烤土豆。

这时，她包里的手机响了起来。

马忠在电话里说："亲爱的，你在哪里？"

杨园园说："我刚下班，路过烧烤店，撸串儿呢！"

马忠笑嘻嘻地说："我也想吃！给我要两串烤羊腰子，我一会儿就到！"

杨园园笑着说："馋猫！"

很快，马忠就赶了过来。他喝了一口啤酒，眯起眼睛端详着月光下的杨园园，感叹道："你比月亮还美丽！"

杨园园说："马忠，你喝醉了吧！"

马忠嬉皮笑脸地说："今晚，我要抱着月亮入眠！"

杨园园"咯咯"地笑了起来："周围那么多人，你不怕人家听见吗？"

马忠充满自信地说："命中注定，你就是我的人。我只想立刻娶你回家，让你做我美丽的新娘！"

少女般的羞涩涌上了杨园园的心头，她阻止道："求求你了，小声点儿，好吗？"

这时，从他们身后传来了一阵争吵声。

杨园园回过头去，发现两个二十多岁的小伙子正在辱骂几个高中生模样的女孩。

吃烧烤的人们似乎见惯了这种场面，无人上前劝解。老板赔着笑脸，一个劲儿地劝两个小伙子。

两个小伙子的胳膊上布满了文身，白花花的肚皮露在外面。他们不怀好意地瞅着那几个女孩……

杨园园立刻站起来，走了过去。马忠怕杨园园吃亏，急忙跟了上来。一个女孩认出了杨园园，拉着杨园园的手臂，哭着说："杨校长，他们假装喝醉了，骚扰我们！"

杨园园把女孩揽入怀中，问："他们对你们做了什么？"

女孩小声说："高个的那个人扯我胸衣后面的松紧带。矮个的那个人假装捡东西，掀我同学的裙子……"

杨园园怒斥道："无耻！她们还是孩子啊！大庭广众之下，你们竟然做出这样的事情……"

高个子醉醺醺地说："我劝你，不要多管闲事！"

杨园园骂了一句："流氓！"

高个子抡起手臂，要打杨园园。马忠一个箭步冲到前面，推开了高个子："你想干啥？真是无法无天！"

高个子倒退了两步，稳住了脚跟，立刻和矮个子一起冲了上来。他们和马忠扭作一团，杨园园和几个高中生急忙上来拉架。高个子抡起一把塑料椅子，朝女孩们砸了过来。一个女孩被砸倒在地，众人急忙过去搀扶。

这时候，矮个子拿起一个空酒瓶，趁人不注意，冲着马忠的脑袋抡了过去。杨园园眼疾手快，一下子推开了马忠，自己迎了上去。只听"砰"的一声，杨园园满脸是血地晕了过去。

警察赶到现场的时候，马忠和那两个小伙子正在激烈地争吵，几个女孩用纸巾为杨园园擦拭着额头上的血。

两个小伙子见到警察，收敛了许多。马忠走过来，对值班民警张韦说："警察同志，这两个小流氓欺负女学生。我们阻止，他们就动手打人。"

"你们想干啥？法治社会，由不得你们嚣张……"张韦教训了那两个小伙子几句。

那两个小伙子低下了头。

此时，杨园园醒了过来。

张韦蹲下来，对坐在地上的杨园园说："你感觉怎么样？要不要去医院看看？"

杨园园哭着说："感觉很疼……"

马忠急切地说："我陪她去医院吧，估计要缝针！"

张韦点了点头，说："好吧。医药费，你们先垫付……这三个女孩，我们要带回派出所做笔录。"

杨园园焦急地说："她们都是我的学生，没做错什么，别吓着她们！"

张韦安慰道："放心吧，我们不会吓着她们的。她们都是未成年人，我们会联系她们的家长……"

杨园园对三个女孩说："别怕！你们要如实向警察叔叔说明情况！"

派出所里，姚伊娜和张韦记下了三个女孩的名字：王祖怡、李炫睿、刘佳妮。她们是同班同学，年龄都是十七岁。周末，她们想放松一下，就出来撸串了。

身材高挑的王祖怡对姚伊娜说："我们三个人边吃边聊，声音不大，没有影响任何人。那两个人就是故意找碴儿……扯我胸衣后面的松紧带。"

戴着一副近视镜的刘佳妮说："个子矮的那个男的故意弄掉了我们的筷子。他在捡筷子的时候，掀了一下我的裙子。"

梳着马尾辫的李炫睿说："他们想要靠近我的时候，我忽地站起来，看着他们。他们刚要骚扰我，杨校长就及时过来制止了。结果，他们用啤酒瓶打伤了杨校长。"

那两个小伙子，高个的叫刘思豪，矮个的叫李杰飞，矢口否认了自己的行为。

刘思豪说："警察同志，我们真的什么都没做，就是不小心碰了她们……"

李杰飞说："你们警察处处都向着她们，就像我们真的做错了什么似的。"

张韦不慌不忙地说："你们俩别急，现场的监控录像能说明一切。"

刘思豪和李杰飞听了这话，立刻就不再辩解了。

杨园园和马忠来到派出所门口的时候，马忠有些犹豫。

杨园园猜透了他的心思，说："过去的事儿，别太在意！"

马忠说："话虽这么说，我还是觉得有点儿尴尬！"

杨园园轻轻地握着马忠的手，说："为了惩治那两个地痞流氓，你就豁出去吧！"

姚伊娜大大方方地接待了他们。她按照办案的流程，一丝不苟地工作着。

调查取证完毕，已经是凌晨三点多了。临别时，姚伊娜安排所里的司机送他们回去。

杨园园说："姚警官，算了吧，我们自己打车回去吧！"

姚伊娜说："杨校长，你就别客气了。为了保证你们的安全，还是让我们的司机小王把你们送回去吧。我们会依法办事，明天请示完领导，给你们一个满意的答复。"

杨园园不再坚持，说了声"谢谢"。

自始至终，马忠没有和姚伊娜说一句话。

所有人都上了车，小王刚要踩油门，杨园园说："师傅，等一下！"

说完，她从车上跳下来，挽起姚伊娜的手臂，要和姚伊娜到僻静的地方说话。

于是，两个人来到了楼梯的拐角处。杨园园轻声说："小姚，别生马忠的气啊！不管怎么说，都是我们俩的错。今天，我替他向你道歉！"

姚伊娜叹了一口气，说："杨校长，你太客气了！你告诉马忠，让他不要内疚。其实，我和马忠是在你和我师父的撮合下见面的，只是走个过场，彼此之间还没有产生感情。所以，你根本不用道歉。那天，我冲你们发火……我一直想找个机会向你们道歉。"

杨园园不解地说："向我们道歉？"

姚伊娜说："杨校长，你就把我那天说的话当成疯话吧！具体原因，我不便透露……牵扯到我们的工作，要保密！其实，你们配合我演了一场好戏，帮我完成了一项任务。"

姚伊娜刚一转身，想进办公室，一辆车就停在了她面前。

陈小军从车上走下来，说："姚副所长，请留步！"

姚伊娜看了看陈小军，问："你的麻将馆又出事了？"

陈小军尴尬地笑了笑，说："那倒不是！"

姚伊娜说："三更半夜的，你往派出所跑，肯定没什么好事。"

陈小军说："不是我的事……是我的一个朋友。他的两个兄弟被带到了你们派出所……我来问问。事要是不大，我就交点儿钱，先把他们保出去。我保证，他们会随叫随到……"

姚伊娜摆了摆手，说："你想把法律当儿戏吗？"

陈小军说："能不能通融一下？"

姚伊娜说："通融？怎么通融？他们都是成年人，应当对自己的行为负责。法治社会，决不允许地痞流氓横行霸道！"

陈小军忙说:"只是小小的民事纠纷,打架而已!"

姚伊娜说:"口气不小啊!你跟那两个人是什么关系?"

陈小军被问得哑口无言,站在原地不知如何是好。

姚伊娜摆了摆手,说:"你回去吧!合法经营是正道,别到处插手……"

陈小军突然想起了什么,迅速打开车门,拿出了一盒精美的化妆品。

陈小军要把礼物送给姚伊娜,姚伊娜说:"陈老板,我劝你还是把礼物拿回去吧!不然,我明天就把它交到纪委去……"

说完,姚伊娜便走进了办公室。

陈小军无计可施,只好灰溜溜地离开了。

周末的早上,阳光明媚。

杨园园从睡梦中醒来,张开双臂,伸了个懒腰。

她放下手时,轻轻地碰了一下熟睡中的马忠:"懒虫,起床了!"

马忠翻了个身,闭着眼睛说:"让我再睡一会儿!"

杨园园"咯咯"地笑了起来,说:"快起来吧,太阳都出来了!"

马忠坐起来,轻轻地摸着她的额头说:"伤口快愈合了!不知道会不会留疤!"

杨园园说:"应该不会……"

马忠说:"应该让那两个地痞去坐牢!"

杨园园说:"人家张警官给调解了,赔偿了一万块钱,说是医药费……"

马忠说："我的傻姐姐呀，你可真好哄！我听说，那两个家伙是惯犯，肯定有人给他们撑腰！"

杨园园好奇地问："谁?"

马忠说："听说，是朱宗天……"

杨园园说："怎么会……"

马忠自知失言，忙说："绝不能饶了这两个家伙！我要举报他们!"

杨园园为难地说："咱们拿了人家的钱，再去举报，不太好吧!"

马忠说："姐，你太幼稚了！你想想，咱们要是饶了他们，他们会不会骚扰更多的女孩？坏人得势，好人遭殃……"

此时，杨园园的脑海中又浮现出了那几个女生被人欺负的场面。她气愤地说："为了我的学生不再受到侵害，咱们举报他们!"

马忠笑了笑，说："这才是我的好姐姐嘛!"

梁达坐在车里，紧紧地盯着滨河路的路口。不一会儿，一辆电动摩托车悄无声息地驶上了北滨河路。驾驶电动车的是一名又黑又瘦的男子，技术十分娴熟。

梁达轻踩油门，跟了上去。

电动车上的男子戴着一副硕大的墨镜，遮住了双眼。他吹着口哨，悠闲地驾驶着电动车，沿北滨河路向西边驶去。在七里河黄河大桥的红绿灯路口，他遇到了红灯。等了十秒钟，他突然改变了主意，往右一拐，沿着匝道上了桥。

梁达一拍方向盘，骂道："狡猾的东西!"

绿灯亮时，梁达立刻到前方掉头，跟着电动车上了桥。还好，电动车行驶得很慢。车上的人悠闲自得地东瞧瞧，西看看，好像对梁达的跟踪毫无察觉。可是，行至桥南，电动车突然加速，沿着东侧的便道快速地驶入了一个居民区。

梁达急忙给同事打电话，让他迅速向那个居民区靠拢。

梁达走进居民区的时候，骑电动车的男子早已不知去向。梁达找了一圈儿，没有发现任何踪迹。

梁达狠狠地拍了一下自己的大腿，说："又让他溜了!"

他心烦意乱，很想抽烟，可是一摸口袋，烟没了。他四处张望，发现转弯处有一个烟酒零售店，便进去买了一盒烟。

梁达点上烟，深深地吸了一口。他扭动了一下酸痛的脖子，无意中瞥见烟酒零售店后面的垃圾桶旁边，藏着他要找的那辆电动车。

不会这么巧吧!

梁达来不及多想，一个箭步冲了过去。

"人呢?"梁达自言自语道。

寂静的午后，高大挺拔的白杨树挡住了炎热的阳光。三三两两的老人摇着蒲扇，在围墙边乘凉。

这时，一个熟悉的身影出现在了粗大的白杨树后面。梁达停住脚步，观察着周围的动静。只见那名又黑又瘦的男子将手中的一个白色小纸团交给了一个四十多岁的男子，对方快速地把二百元钱塞到了那个又黑又瘦的男子手里。

梁达控制住自己的情绪，继续往前走。

那两个人交易完毕，便迅速分开，一个往东走，一个往西走。

梁达果断地朝又黑又瘦的男子追了过去。对方似乎意识到了危险，猛地一回头，与梁达四目相对。

梁达大声喊道："站住！"

对方瞬间明白过来，知道被警察盯上了，豁出命地飞奔。

梁达追了一百多米，发现对方跑出了居民区，向黄河边跑去。滨河路上车流量大，车速快，一不小心就会出大事。

梁达急忙喊道："前面危险！"

又黑又瘦的男子没有回头，不顾一切地继续往前跑。

跑到河边时，那名男子已经没有了退路。他停住脚步，气喘吁吁地冲着梁达说："别过来！你再往前一步，我就跳河！"

这时，梁达发现自己的同事已经追上来了，心里就有了底。

又黑又瘦的男子绝望地看了看梁达，然后毫不犹豫地跳进了黄河。

救人要紧！

梁达没有多想，跟着他跳进了黄河。

初秋，黄河水冰冷刺骨。在暗流多、旋涡急的情况下，救人是非常困难的。梁达不顾自身的安危，用尽全力把那名男子推上了岸。突然，梁达感觉自己的右侧小腿抽筋了。他连续呛了几口水，失去了知觉。幸好同事及时赶来，跳入水中，快速将他拉了上来。

梁达醒来的时候，已经躺在医院的病床上了。

哭红了眼睛的姚伊娜握着他的手，说："你醒了！"

梁达问："犯罪嫌疑人抓到了吗？"

姚伊娜说："抓到了……已经被郑队他们带回去了。"

梁达说:"那就好。我没啥事儿,你哭啥?"

姚伊娜嗔怪地瞪了他一眼,说:"你都昏睡了好几个小时了,吓死人了!"

梁达安慰道:"你看,我不是好好的嘛!"

姚伊娜叹了一口气,说:"答应我,要保护好自己!我已经失去师父了,不想再失去你……"

梁达擦去姚伊娜腮边的泪水,说:"我答应你!"

说完,他紧紧地搂住了姚伊娜。

第八章　智破盗牛案

中秋节那天夜里，一轮圆月缓缓升起。中山铁桥沐浴在柔和的月光之中。

晚上七点半，刘淑慧下班后，走在回家的路上。她看到提着礼品盒匆匆赶路的人们，这才想起来，自己竟然忙得连月饼都忘了买。

她转念一想，爸妈可能早就买好了月饼。于是，她便顺路买了几个大石榴和一大兜苹果。

刘淑慧刚一进家门，儿子吴子涵就飞奔了过来。他搂住妈妈的脖子，说："妈妈，你怎么才回来呀，我都饿坏了！"

刘英和李佳梅微笑着从厨房里走了出来。

刘淑慧说："真不好意思，我回来晚了！有个病人出现了紧急状况，我处理完了才离开……让你们久等了！"

刘英说："没关系，工作要紧！快洗洗手吧，咱们开饭了！"

说完，他就去端饭了。

吴子涵开心地说："姥爷，我来帮您！"

李佳梅心里乐开了花，轻声叮嘱道："慢点儿！"

刘淑慧笑着对儿子说："赶快开饭吧，馋死我了！"

一家人团聚在一起，其乐融融。

刘英拿出一瓶葡萄酒，说："今天是中秋节，咱们举杯庆祝一下！"

说完，他给每个人都倒上了酒。

吴子涵端着杯子，噘着小嘴告状："姥姥，你看，姥爷太小气了，就给我倒了这么一点儿！"

李佳梅慈祥地笑着说："宝宝，你姥爷不是小气，是怕酒精烧坏了你聪明的小脑瓜！"

刘淑慧端起酒杯，说："宝贝，咱们一起敬姥姥、姥爷一杯！"

吴子涵说："祝姥姥、姥爷健康长寿，笑口常开！"

刘英笑着说："谢谢！"

这时，从外面传来了敲门声。

刘淑慧放下杯子，说："这么晚了，谁会来呢？"

说完，刘淑慧就去开门了。

姚伊娜和一个小伙子站在门口，手里提着几个礼品盒。

姚伊娜说："嫂子，我们来陪你们过节了！"

刘淑慧感动地说："谢谢！"

坐下来之后，姚伊娜指着身边的小伙子，对刘淑慧说："嫂子，这是我的男朋友——梁达。"

刘淑慧认真地看了看梁达，笑着说："嗯，小姚，眼光不错！"

吴子涵背着手走过来，打量了一下梁达，学着冯巩小品里的台词，对姚伊娜说："小姚姐姐，你才多大呀，就找对象了！"

大家都被逗得哈哈大笑，梁达羞得满脸通红。

刘英从厨房里拿了两套餐具，大家共同举杯。

饭后，大家坐在一起吃月饼、赏月、聊天。

刘淑慧看了一眼梁达，悄悄地问姚伊娜："什么时候谈的？我怎么没听你说过？"

姚伊娜说："一开始，我也没有察觉。等我反应过来，发现我们彼此已经爱得很深了。今年，我们一起出过几趟差。他特别会关心人，我就不由自主地……"

刘淑慧轻轻地抚摸着姚伊娜的头发，说："我们小姚总算找到了真爱！"

姚伊娜鼻子一酸，感动得差点儿哭出来。

刘英见状，递过去两个又红又大的苹果，说："中秋团圆节，咱们一起开开心心……你们这是怎么了？"

姚伊娜慌忙擦去腮边的泪珠，接过苹果，说："叔叔，对不起，我惹嫂子伤心了！"

刘淑慧接过苹果，咬了一口，说："爸，没事儿！不怨人家小姚，是我太敏感了！"

刘英笑着对梁达说："小梁，你们打算什么时候结婚？到时候，可别忘了请我去喝喜酒！"

梁达挠了挠头，说："叔叔，我们还没商量好呢！"

刘英笑着说："抓紧点儿！这么好的姑娘，别让人家给抢跑了！"

姚伊娜笑着说："叔叔真会开玩笑！"

刘英说："谁娶了你，是他的福气！我看，你们元旦就把事给办了吧！"

姚伊娜点了点头，说："好的。"

国庆节一天天地临近了。杨园园看了看学校的假期安排和教学进度,觉得很满意。

上任之初,杨园园处处以身作则,要求别人做到的,自己首先做到。在工作中,她从来不讲大话,总是兢兢业业地埋头苦干。

杨园园在办公室里思考问题的时候,有人敲门。

她随口说:"请进!"

马忠走了进来。

杨园园纳闷地看着他,说:"上班时间,你跑到我这儿来干吗?"

马忠笑嘻嘻地说:"我就是来看看!"

杨园园说:"这恐怕不太好吧!"

马忠说:"别忘了,咱们都在教育系统工作!"

杨园园说:"这么说,你今天来,是为了工作……"

马忠说:"那倒不是!"

杨园园说:"那你是为什么来的?"

马忠犹豫了一下,说:"这两天,你有空吗?"

杨园园说:"你有啥事儿?"

马忠说:"咱们俩去民政局领证吧!"

杨园园不相信自己的耳朵:"什么?"

马忠微微一笑,说:"领证!咱们俩先领证,国庆节再请客。亲朋好友聚一聚……"

杨园园觉得幸福来得太突然,竟然不知道该如何回答。

马忠说:"我喜欢你,能给你幸福。嫁给我吧,园园姐!"

杨园园感动得热泪盈眶。

马忠看着杨园园，说："你不愿意？"

杨园园抬起头，兴奋地说："我愿意！"

马忠一把搂住杨园园，说："那好，明天咱们就去领证！"

杨园园微笑着说："我听你的！"

午后，天空中飘起了雪花。

李凡买了两吨煤，一袋一袋地往院子里扛。

李建国想帮忙，李凡说："爷爷，我自己能行！"

李建国拄着拐杖，站在院子里。吴国辉和姚伊娜冒雪来给他拉煤的情景历历在目，仿佛发生在昨天。

如今，冬天又来了，吴国辉却已离去……

"这么年轻就去世了，真是可惜啊！"李建国想到这里，禁不住老泪横流。

"李爷爷，您想什么呢？"不知什么时候，姚伊娜来到了李建国身边。

李建国用衣袖擦去眼角的泪珠，说："小姚警官，你咋来了？"

姚伊娜笑着说："下雪了，我来看看您。李爷爷，您稍等，我去帮李凡扛煤！"

说着，她撸起袖子，想要大干一场。

李建国一把拉住她，说："不用了，让李凡自己卸吧！别弄脏了你的衣服！"

姚伊娜笑着说："李爷爷，我也是农民家的孩子，怎么会怕脏呢？"

说完，她搬起一袋煤就走。

李建国感动地说："真是个好孩子啊！"

李凡扛着一袋煤，走过来，说："姚所长，你真是太热心了！谢谢你啊！"

姚伊娜边走边说："干活儿吧！"

十二月份，对派出所的民警来说，是一年中最忙碌的时候。

姚伊娜一边总结全年的平安建设经验，一边对来年的工作进行筹划和部署。

这天下午，姚伊娜忙完手头的工作，来到了所长马小林的办公室。

她对马小林说："马所，有个私事儿，想和你商量一下。"

马小林笑了笑，说："小姚啊，有事就直接说，我会全力支持你的！"

姚伊娜说："我知道，现在是最忙的时候……我想请两天假，回家一趟，周日返回。"

马小林说："你家离这里五百多公里，两天跑一个来回，是不是有点儿紧张……"

姚伊娜说："我自己开车回去，时间宽裕着呢！马所，事情是这样的……我和梁达打算元旦结婚。我想带他回家一趟，见一见我的爸妈。"

马小林说："这么大的事儿，我怎么没听你说起过呢？"

姚伊娜不好意思地笑了笑，说："我不想因为个人的事儿影响正常工作，公私分明嘛！"

166

马小林说："你呀！早点儿告诉我，我也能帮你出出主意啊！"

姚伊娜笑着说："马所，我能应付得了。"

马小林翻了翻桌上的台历，嘟囔着："今天周四，明天早上就出发……我给你三天假，下周一回来。快回去收拾一下吧！"

姚伊娜开心地说："谢谢马所！"

马小林笑着说："真是个傻丫头！"

天刚蒙蒙亮，梁达和姚伊娜就出发了。笔直的高速公路，一眼望不到尽头。

姚伊娜坐在副驾驶座上，若有所思地说："梁达，你说，公路的尽头在哪里？"

梁达手握方向盘，保持着一百二十迈的速度。

他不假思索地说："霍尔果斯！"

姚伊娜笑着说："你说的是边境吧！"

姚伊娜回过头来，看到后座上大包小包的东西，想起了前一天晚上的情景。

姚伊娜一回到办公室，就把请假的事告诉了梁达。

梁达赶紧去找郑爱国请假，郑爱国爽快地答应了。

梁达兴奋地给姚伊娜打了个电话："我已经请好假了！今晚，去我家吃饭吧！我让我妈早点儿回家，给咱们做点儿好吃的！"

姚伊娜有些犹豫："不太好吧……阿姨那么忙！"

梁达开心地说："没事儿，我妈愿意！"

晚上六点多，姚伊娜跟着梁达回到了家。

梁达的妈妈侯菲菲做了满满一桌子饭菜，梁达的爸爸梁万强把碗筷摆好了,就等着他们回来开饭了。

侯菲菲打开门,说:"小姚,快进来!看,阿姨给你做了这么多好吃的!"

姚伊娜激动地说:"红烧肉、卤猪蹄、清蒸鲈鱼……都是我爱吃的!阿姨,谢谢您!"

侯菲菲假装生气地说:"都是一家人了,怎么还这么客气!"

姚伊娜不好意思地说:"阿姨,我本来打算早一点儿过来帮您做饭……单位临时有事儿,给耽误了。"

侯菲菲笑着说:"没事儿!你们工作忙,阿姨能理解!"

姚伊娜说:"阿姨,其实您那儿才是最忙的……年底了,市政府的各种总结、报告,千头万绪……"

侯菲菲笑着说:"这孩子,真会体贴人!不过,今天的饭菜,有梁老师一大半功劳!他去买了菜,提前准备好了,我回来只是做了一下!"

姚伊娜说:"梁叔叔,让您费心了!"

梁万强用手推了一下眼镜,说:"我下午没课,正好准备饭菜!"

梁达洗完手,说:"我都快要饿死了,你们还在说客气话!"

晚饭后,一家人坐在一起商量着给姚伊娜的爸妈带什么礼物。

姚伊娜说:"叔叔、阿姨,不用带礼物了吧!"

侯菲菲说:"梁达第一次去你们家,怎么能不带礼物呢?这是对你父母最起码的尊重!"

梁万强从书房里拿出来五六包东西,说:"下午,我顺便把礼物买好了。不知道你们是否满意!"

侯菲菲惊呼:"梁老师,你真棒!"

梁万强对姚伊娜说:"这是我珍藏了多年的两瓶好酒,带回去让你爸爸尝尝!这是甘南的牦牛干,正宗的!"

侯菲菲说:"我给你妈妈买了一条围巾,特别漂亮!"

说完,她快步走进了卧室。

梁达说:"我下午买了几箱百合,还买了一些水果,在汽车后备厢里放着呢!"

看着一家人精心准备的礼物,姚伊娜感动得热泪盈眶。

她拉着侯菲菲的手,说:"阿姨,谢谢您!"

侯菲菲微笑着拍了拍姚伊娜的手,说:"傻孩子,咱们是一家人,以后不准说这样的话!"

从与梁达确定恋爱关系到现在,三个月的时间,姚伊娜只去过梁达家两三次。梁达的父母如此关心和爱护姚伊娜,对姚伊娜的家人如此重视,这让姚伊娜十分感动。

梁达专心地驾驶着车辆,一路向西。远处的祁连山上白雪皑皑,在阳光的照射下格外耀眼。

姚伊娜不由得感叹道:"真好看!"

梁达说:"是啊,前面就是乌鞘岭隧道了!以前,没有隧道的时候,要翻越乌鞘岭⋯⋯那时候,一到冬季,乌鞘岭上就满是积雪,道路十分难走。"

姚伊娜说:"这雪啊,的确好看!但是,爬坡的时候,的确困难!"

下午两点多,汽车驶出了高速公路。

姚伊娜说:"我开一会儿吧,你太累了!"

梁达说:"没事儿,我不累!"

姚伊娜笑着说："别逞强了！你都开了六七个小时了！再说，后面的路，你也不知道怎么走。还是我来开吧！"

眼前这熟悉的景物令姚伊娜无比激动。两年过去了，她终于回到了魂牵梦绕的家乡。

姚伊娜驾车驶入市区的时候，"金张掖"三个大字映入了眼帘。

路过东关时，一片沙枣林出现在了他们眼前。

梁达说："咱们到那儿休息一会儿，可以吗？"

姚伊娜说："行！"

梁达说："我从小就听说过沙枣树，但是没有亲眼见过。我想去看看！"

姚伊娜说："好啊！"

姚伊娜把车停在路边，两个人手牵手走进了沙枣林。树上的叶子已经落光了，树梢上挂着几个干瘪的沙枣。

梁达问："沙枣好吃吗？"

姚伊娜说："不好吃。没水分，吃起来干干的、涩涩的、酸酸的……"

梁达抬眼望去，只见树林的南侧有一个人工湖，四五个十来岁的孩子正在湖面上滑冰。

梁达羡慕地说："你看，那几个孩子玩儿得多开心啊！"

姚伊娜说："小时候，湖面一结冰，我就和小伙伴们一起来滑冰，一滑就是几个小时。"

梁达"嘿嘿"一笑，说："我在城里……可享受不到这种乐趣！"

姚伊娜笑着说："明天我就带你去滑冰！"

梁达说："一言为定！"

这时，从他们身后传来了一阵急促的呼救声。两个人同时回头望去，只见湖面上的几个孩子挥着手，大声喊着："快来人，救命啊！"

姚伊娜喊道："不好，有人落水！"

梁达二话不说，拉起姚伊娜就朝湖边跑。

湖中心的冰窟窿中，有两个孩子在扑腾。梁达脱掉外衣，冲了过去。

姚伊娜喊道："冰面上危险！咱们得砸开冰，才能下水！"

说完，她从岸边搬来一块大石头，递给了梁达。梁达快速砸开冰面，蹚着齐腰深的水，朝着湖中心走去。

孩子们在水中挣扎着，渐渐地没了力气。

姚伊娜大喊："不好！"

说完，她便跳入了水中。

梁达说："你怎么也跳下来了？"

姚伊娜说："救人要紧！"

此时，水已经没过了两个孩子的颈部。他们用力仰着头，一会儿沉到水中，一会儿又露出水面。

梁达眼疾手快，一把抓住一个孩子，高高地举了起来。梁达把手中的孩子递给身后的姚伊娜，然后潜入水中，去救另一个孩子。他抱着孩子，想站起来，但是水已经没过了他的头顶。为了不让孩子溺水，梁达用力把孩子托出了水面。在冰冷的水中，梁达咬紧牙关，不断给自己鼓劲儿。

就在梁达快要撑不住的时候，有人接过了他手中的孩子。

孩子们终于得救了！

这时，梁达觉得自己的肺都要憋炸了。他用力扑腾着，想游出水面，但是一切都是徒劳……

怎么办？

求生的本能促使梁达蹲到水下，辨明了方向，扒着湖底的淤泥艰难地往回走去。渐渐地，他感觉浑身无力，快要失去知觉了。这时，他猛地一蹬，手臂浮出了水面，但是头还没有浮出水面。

就在他感到绝望的时候，一双有力的大手抓住了他露出水面的手，一把将他拉了出来，抱着他朝岸边走去。

梁达躺在岸边，大口大口地呼吸着。

姚伊娜吓哭了，大声喊着："梁达，你没事儿吧！"

梁达艰难地笑了笑，说："没事儿！就是太累了，太冷了……"

姚伊娜说："傻瓜！多亏两位老乡赶了过来，救起了你和那个孩子。"

这时，孩子们的家人赶到了岸边。

姚伊娜扶起梁达，说："咱们到车上去吧！开足了暖气，你一会儿就好了。"

梁达说："好。"

两个人浑身湿漉漉地向车子走去。

新年的钟声响起的时候，鞭炮声此起彼伏。

李萍把煮好的饺子端到餐桌上，对李建国说："爷爷，吃饺子啦！"

李建国笑呵呵地说："不急，等凡凡和乐乐放完鞭炮，咱们一起吃！"

吃完了饺子，李萍还没有要走的意思。

李建国纳闷地问："萍萍啊，你不回自己家了？"

李萍说："爷爷，今晚我在这里陪着您过年。"

李凡说："爷爷，别听我姐的！她和我姐夫早就离婚了，是我叫她回来过年的！"

李建国瞪大了眼睛，惊讶地问："这是什么时候的事？萍萍啊，这么大的事，你怎么瞒着我呢？"

李萍垂下眼睑，说："爷爷，对不起！"

九月的金城，天高云淡，蔚蓝的天空中飘着几朵白云。凤凰山上，青的草、绿的树、红的果，就像用彩笔勾画出来的一样。

按照约定，李萍周末把孩子送到了前夫那里。

周日上午，她在家感到无聊，便独自一人骑着自行车来到了凤凰山。

"来呀，追我呀！哈哈哈……"凤凰山中回荡着几个年轻人的笑声。

李萍回头望去，只见山间的小路上，姚伊娜、梁达和张韦骑着自行车，从后面赶了上来。

姚伊娜见到李萍，热情地邀请道："李老师，一起玩儿吧！"

"好啊！"李萍爽快地答应着，加入了他们的队伍。

前面是一个山坡，梁达提议："比一比，看谁先骑到坡顶！"

"比就比！"张韦说着，脚下一用力，车子便像离弦的箭一样向前冲去。

"我还没说'开始'呢,你怎么就跑了?"梁达大声喊着。

姚伊娜和李萍见状,哈哈大笑起来。

骑到一半的时候,姚伊娜和李萍实在骑不动了,就下来推着车子走。

最后,张韦和梁达几乎同时到达了坡顶。

大家一起坐在一棵白杨树下,一边休息,一边聊天。梁达从包里拿出几瓶饮料,分给了大家。张韦拿出了瓜子和苹果,和大家分享。

梁达说:"咱们玩扑克牌吧!"

"我不会玩。"张韦说。

"我也不会玩。咱们去山坡上转转吧!"李萍说。

"谁说你不会……"梁达看着张韦说。

姚伊娜冲着梁达挤了挤眼,打断了他的话:"你什么时候见他玩过牌?"

"哦,那咱们去转转吧!"梁达心领神会地说。

张韦和李萍来到山后的小溪边,坐了下来。

李萍指着小溪说:"我就是在这里落水的……幸亏你救了我。"

张韦说:"嗯,就是这里。那天,你满脑子都是学生,直接往水里跳!"

"听说班里有个学生不见了,我就到处找。我看到那根木头特别像一个人,就毫不犹豫地跳了下去。幸好你来得及时……"李萍充满感激地看着张韦。

张韦感叹道:"你真是个有责任心的老师!"

李萍笑了笑，说："那天，要不是你们迅速赶来，我现在说不定已经…"

"不许说不吉利的话！"没等李萍说完，张韦就抢先说道。

"你一个大男人，也相信这个？"李萍说。

张韦有些不好意思地说："啊……这个，没有发生的事情，就不要说了……"

"你还挺会关心人的！"李萍笑眯眯地看着张韦说。

"没有吧……"张韦说，"听说，你的那个学生非常淘气，弄坏了邻居家的瓦，踩倒了田里的庄稼……这么淘气的孩子，你居然对他那么好！"

李萍想了想，说："作为老师，我不能因为孩子淘气就对他不好。老师应该平等地对待每一个孩子，不应该歧视叛逆的孩子……要让他感受到温暖。要不断地启发他，让他走上正确的人生道路。"

"听君一席话，胜读十年书。李老师，你真是太厉害了！"张韦不由得感叹道。

李萍羞红了脸，说："张警官，你过奖了！"

张韦笑着说："看来，以后我得多向你请教啊！"

"不敢当！咱们互相学习，共同进步！"李萍谦虚地说。

张韦说："有空的时候，我可以到学校去找你吗？"

"当然可以了！我的办公室就在三楼，最东头的那一间。"李萍说。

张韦随手拿起一块小石头，扔到了水里。

他站起身来，说："李老师，咱们到山顶上看看！"

"好啊!"李萍说。

他们刚爬到半山腰,便已经汗流浃背了。

李萍把运动服脱下来,系在了腰间。

在最陡峭的地方,张韦向李萍伸出了手。李萍犹豫了一下,把手伸了过去……

几分钟后,两个人终于爬到了山顶的平台上。

"你看,那是我们学校!那是派出所!"李萍激动地说。

"你看,山坡下面的羊群!"张韦指着山坡下面说。

顺着张韦指的方向,姚伊娜看到了山坡下面啃草的小羊。再往远处看,她发现树林中有一个男人站在凳子上,往树上系绳子。李萍好奇地看着那个男人,不知道他究竟在干什么。男人把绳子系好后,用力拽了拽,然后把脖子伸了进去……

李萍吓得大叫起来:"张警官,你快看,那个人是不是要寻短见?"

张韦也看到了那个男人,惊呼道:"不好!"

此时,那个男人已经蹬开了脚下的凳子,整个人一下子悬空了。

"姚副所长、梁达,快去救人!"张韦冲着正在半山腰漫步的姚伊娜和梁达喊道。

"在哪里?"姚伊娜急切地问。

"左侧十点钟方向,快点儿啊!"张韦焦急地大声喊道。

姚伊娜和梁达来不及犹豫,向树林里飞奔而去。一路上,姚伊娜跌倒过几次,被梁达扶了起来。

他们来到那棵树下,立刻开始解救那名男子。姚伊娜抱住那个男人的双腿，梁达用捡来的镰刀割断了绳子……

梁达急切地问："要不要按压心脏，做人工呼吸？"

姚伊娜说："不用。脉搏正常，过一会儿就好了。"

这时，张韦和李萍气喘吁吁地跑了过来。

几分钟后，那个男人醒了过来。他看着这几个人，哭着说："你们救我干啥？让我去死吧！"

姚伊娜仔细一看，这不是刘家河村的胡军锋吗？六十多岁的他，寄宿在弟弟胡军强家。平时，他干一些力所能及的活儿，日子过得很平稳。

姚伊娜轻轻地拍着胡军锋的后背，问道："大叔，有什么想不开的，能跟我们说说吗？"

胡军锋抹着眼泪，说："人一老，就不中用了！我就睡在牛棚边上……牛被偷了，我竟然不知道。"

姚伊娜问："这是什么时候的事情？报案了吗？"

胡军锋说："前天夜里，牛被偷了。我想，有可能是牛自己跑的，就没有报案。可是，能找的地方都找遍了，也没有找到。对咱们庄户人家来说，耕田的牛丢了，可是天大的事儿！"

老人的情绪稳定下来之后，姚伊娜说："大叔，您不要再胡思乱想了，快赶着您的羊回家吧！我们一会儿就去您家，帮您找牛！"

胡军锋感激地说："好，那就先谢谢你们了！"

胡军锋家在刘家河村的最西头，再往西就是凤凰山了。他家有三间坐北朝南的房子，住着胡军强他们两口子。院子的西侧有三间西屋，住着他们的三个儿女。院子的西南角有一间小屋，紧挨着牛棚和羊圈，这里就是胡军锋的住所。

姚伊娜、梁达、张韦和李萍找来绳子，把现场围了起来。

姚伊娜给刑事技术大队的民警打了个电话，请求他们过来勘查现场。梁达他们在外围勘查了好几遍，没有发现任何线索。现场只有牛蹄印和羊蹄印，没有留下偷牛贼的脚印。

根据胡军锋的回忆，牛被牢牢地拴在牛槽边上。

胡军锋说："拴牛是有技巧的，要系上'拴牛扣'……牛是无论如何也跑不了的。"

偷牛贼没有进牛棚，怎么可能解开绳索呢？

姚伊娜百思不得其解，看着满地的牛蹄印发呆。只有一头牛，牛蹄印怎么会这么乱？被偷之前，牛为什么要在这里徘徊？

张韦和梁达走访了村里的群众，大家都说最近几天没有陌生人到这里来。平常，谁家有牛，谁家没有牛，村里的人都十分清楚。所以，这头牛肯定不在村里。

刑侦大队的民警固定了现场，采集了相关的证据。

此时，胡军锋的心里充满了希望。牛找回来了，他就能睡个踏实觉了。

天色渐渐地暗了下来，现场勘查和调查走访基本上完成了。

回到派出所，姚伊娜和张韦向所长马小林汇报了下午勘查现场和调查走访的详细情况。

马小林说："村里没有监控摄像头……目前，还没有发现有价值的线索，破案的难度很大啊！"

姚伊娜点了点头，说："是啊！咱们得尽快想办法！"

马小林点了点头，说："明天，咱们向局领导汇报一下，请兄弟单位协助查找。立足本辖区，重点关注集市上的牛贩子！"

一转眼，半个月过去了。姚伊娜和张韦骑着自行车挨家挨户地走访，仍然没有查到那头牛的下落。

为了防止胡军锋再次想不开，做出傻事，姚伊娜每天都去他家看望他。

胡军强对姚伊娜说："姚所长，你不用每天都来！你破案已经很辛苦了，还要来安慰我们，真是难为你了！牛丢了，我不怨我哥！"

姚伊娜说："我们马所长怕你们着急，让我常来看看。"

胡军强叹了一口气，说："路要一步一步地走，饭要一口一口地吃，急有什么用呢？我相信，你们一定能破案！"

"谢谢您的理解！"姚伊娜说。

胡军强抽了几口旱烟，说："我相信你们！"

"叔，您真会鼓励人！"姚伊娜说。

回到派出所，姚伊娜向马小林汇报了胡军强家的情况。

马小林说："从今天开始，让新来的民警孙武加入你们的队伍。你和张韦、孙武并肩作战，合力攻坚，争取早日把胡老汉家的牛找回来！"

张韦说："所长，贩牛的、杀牛的，我们都查了个遍，没有找到任何线索。"

"这就奇怪了！"马小林说。

姚伊娜说："会不会被人藏到山里了？"

张韦摇了摇头，说："凤凰山的每个角落，我们都搜过了，什

179

么都没找到。"

"会不会是被人杀了?"孙武说。

姚伊娜说:"不可能!那么大的一头牛,一两个人是杀不掉的。人多了,他们又不敢杀——毕竟是犯罪啊!一旦传出去,谁能跑得了?我初步判断,应该是一个人作案。牛肯定被藏在什么地方了!"

"嗯,小姚分析的有道理,我赞成!小姚啊,我希望你们成为我们派出所新的'铁三角'!"马小林说。

"这么说,咱们所以前就有个'铁三角'?"姚伊娜和张韦异口同声地说。

马小林点了点头,说:"是啊!以前,咱们派出所的确有个'铁三角'。那三个人优势互补,关键时刻能够攻坚克难,发扬了咱们警察特别能吃苦、特别能战斗的优良作风,破了许多案子,调解了许多矛盾纠纷,得到了辖区群众的认可和肯定。"

姚伊娜、张韦和孙武表示,要努力成为新一代的"铁三角"。

马小林微微一笑,说:"你们三个人要通力合作,发挥每个人的特长!"

三个人保证,绝不辜负所长的期望。

天刚亮,姚伊娜、张韦和孙武就来到了胡军锋家。胡军锋正在院子里收拾东西,准备去西山放羊。看见三个年轻人,他快步走过去,问:"警察同志,你们这么早就来了,是不是有了牛的消息?"

姚伊娜和张韦羞愧地低下头,说:"大叔,暂时还没有。"

胡军锋失望地说："是这样啊！"

姚伊娜安慰道："大叔，您放心，我们一定帮您把牛找回来！"

胡军锋说："谢谢你们！"

姚伊娜说："大叔，您再想想，牛被偷的那天晚上，院子里有什么动静？"

胡军锋没有说话。他拿出旱烟袋，吧嗒吧嗒地抽了起来。

那天晚上，月亮格外亮。胡军锋和弟弟胡军强坐在院子里，一边乘凉，一边闲聊。直到午夜，他们才各自上床睡觉。临睡前，胡军锋走进牛棚，发现老牛趴在地上悠闲地反刍。

胡军锋摸了摸牛的脖子，说："老伙计，睡吧！"

漫长的黑夜里，他躺在床上翻来覆去睡不着。他翻了个身，听见牛打了个响鼻。

天亮后，牛棚里只剩下一地的蹄印，老牛不见了。

姚伊娜说："牛被偷的前几天，家里来过陌生人吗？"

"陌生人？没有！"胡军锋摇着头说，"哦，一天夜里，村东头的'狗哥'去西山偷砍了一棵树，说是要做电视天线。走到我家门前的时候，他累了。我们俩坐在院子里，抽了一袋烟。"

"'狗哥'是谁？"孙武好奇地问。

姚伊娜说："他三十多岁，平时游手好闲。他有一个很厉害的绝活儿，专门偷狗。前年，他偷了人家的'黑背'狼狗，被判了一年多。你说怪不怪，咱们普通人见了狗都会害怕，他却不一样。不管多厉害的狗，见了'狗哥'都会吓得浑身发抖。"

"'狗哥'是我的重点管理对象，名字叫胡传海，刚刚刑满释放。"张韦说。

姚伊娜想了想，说："会不会是他？"

胡军锋连连摇头说："不可能。他跟我关系挺好的……我知道，他有偷鸡摸狗的习惯。但是，凭我们的关系，他不会偷我家的牛。"

说到这里，胡军锋停顿了一下。然后，他接着说："不瞒你们说，我也怀疑过他……我偷偷地到他家里看了，没有。他还帮我们进山找过牛，白出工，连口水都没喝。"

从胡军锋家出来，姚伊娜低声问："你们俩也觉得'狗哥'没问题吗？"

张韦想了想，说："这个还真不好说！要不，咱们去他家看一看。"

姚伊娜说："行，说不定会有意外收获！"

不知不觉间，三个人走到了胡传海家门口。蹲在门口吃早饭的胡传海看见他们，眼珠子骨碌碌一转，就明白了三个人的意图。

他热情地邀请道："姚所长，到家里坐坐，喝杯茶吧！"

姚伊娜故意推辞："不了，我们要进山！护林员吴老三找人带话说，他捉了两只野兔，又肥又大，让我们去尝尝。"

"吴老三？"胡传海说话时有些紧张。

胡传海表情的变化没有逃过姚伊娜的眼睛。

姚伊娜有些纳闷，明明是自己编了瞎话，胡传海紧张什么呢？

想到这里，她装作不在乎地说："是啊，就是吴老三！他昨天傍晚托人带的话！有什么问题吗？"

"啊，没什么！"胡传海说。

这时，张韦插话道："姚所，别推辞了，胡大哥是真心邀请咱们！

吴老三那儿，晚去一会儿没事儿。走了半天，我有点儿口渴……"

胡传海把大家让到院子里，然后快速跑到屋里，端出来一壶茶水，放在了核桃树下的小桌上。他们坐在院子里喝茶的时候，胡传海故意打开了后院的门，让他们看到了空荡荡的后院。

喝了一会儿茶，张韦忽然捂着肚子，汗如雨下。

他说："我有点儿不舒服，想上厕所。"

胡传海急忙指了指后院的角落，说："厕所在那里！"

于是，张韦便捂着肚子跑了过去。

过了好长时间，还不见张韦回来，姚伊娜有些担心。

她站起身来，说："孙武，你去看看！要是严重了，就得送医院！"

还没等孙武说话，胡传海就抢着说："哦，我去看看！"

说完，他就往后院走。

姚伊娜微笑着拦住他，说："不用了！"

说着，她冲着后院大声喊道："张韦，怎么样啊？没事儿吧！"

张韦回答说："好了，这就出来！"

得知张韦安然无恙，姚伊娜悬着的心放了下来。她端起茶杯，刚要喝，便听到了张韦的惊呼声。

姚伊娜吓了一跳，手里的茶杯差点儿掉到地上。

孙武二话不说，飞速向后院跑去。

他边跑边喊："张哥，怎么了？"

"哦，没事儿，不小心踩空了！"从厕所里传来了张韦的声音。

胡传海家后院的厕所是简易的旱厕，下面是一个深约一米的大坑，两边各搭了一块木板。上完厕所，张韦站起身来，不小心踏进了两块木板中间的粪坑。孙武跑进去的时候，张韦用两只胳膊撑着木板，大半个身子在粪坑里。等待救援的时候，张韦无意间发现木板下面绑着一双鞋子。仔细一看，竟然是一对仿真的牛蹄子上绑着几根带子。

"这是干什么用的？是农具吗？不像啊！"张韦暗自琢磨着。

胡传海和孙武先后冲进厕所，合力把张韦拉了出来。

姚伊娜气喘吁吁地跑进来，看见张韦的腿上满是大便，不由得埋怨道："咋这么不小心呢！"

张韦尴尬地说："我站起来的时候，眼前一黑，脚踩空了。"

胡传海喊道："媳妇，快打桶水来！"

细心的女人不仅提了一桶水来，还递给张韦一个刷子。

张韦舀了一瓢水，用刷子把腿刷干净了。

尽管胡传海极力挽留，但是张韦坚决不待在这里了。出门后，他直接向凤凰山走去。

姚伊娜和孙武不停地说着感谢的话，然后转身去追张韦了。

虽然已是深秋，但是山坡上的草依旧是绿油油的。张韦一屁股坐在草地上，对姚伊娜和孙武说："离我远一点儿！"

姚伊娜和孙武没有理会他，挨着他坐了下来。

姚伊娜白了他一眼，说："看你说的，好像我们俩嫌弃你似的！"

孙武说："张哥，我是真服了你……装病装得真像啊！要不是一直和你在一起，我肯定被你骗了。"

"是啊！"姚伊娜附和道。

"哪有啊！我那会儿真的是肚子不舒服！早上起来，我把昨晚吃剩的半块西瓜吃了，坏了肚子……"张韦说。

"我还以为你在演戏呢！"姚伊娜走到他身边，仔细看了看他，"感觉怎么样？"

不等张韦说话，孙武便站起来说："你在这儿等着，我去药店给你买点儿药！"

"不用！"张韦急忙阻拦，"上完厕所就好了，现在一切正常！"

姚伊娜脱掉脚上的高跟鞋，如释重负地说："一切正常就好！累死了！"

孙武说："咱们今天必须去会会这个吴老三！胡传海那么惊慌，说明吴老三知道些什么。"

"嗯，我也觉得这里面有问题。"姚伊娜说。

"高跟鞋……"张韦盯着姚伊娜扔在草地上的鞋子，低声嘟囔着。

姚伊娜看了他一眼，说："一双鞋子，有什么好看的？"

张韦的脸一下子就红了："啊……那个……"

接着，他说出了在胡传海家厕所里看到的东西。

心直口快的孙武说："那是农具吧！"

"或许是吧。当时，我也是这么想的。"张韦说。

姚伊娜想了想，说："不管怎么说，我感觉胡传海有问题。"

"所以，咱们应该马上去找吴老三。"孙武说。

"不休息了，现在就走！"张韦说。

护林员吴老三的房子是乡政府盖的，在一个阳面的山坡上。从吴老三住的地方出发，走两公里，就能到另一个护林员住的房子。

中午时分,三个人走到了吴老三的小院门口。正在做午饭的吴老三看见他们,微笑着走过来,说:"你们三个人可真有口福啊!我昨天晚上套了一只兔子,还在锅里煮着呢!"

姚伊娜开心地拉着吴老三的手,说:"吴叔啊,我早上对胡传海说,你中午要请我们吃兔肉……竟然梦想成真了!"

吴老三憨厚地笑着,从屋里搬出三个凳子,放在了树下。

张韦装作不经意地问:"吴叔,您跟胡传海是亲戚吗?"

吴老三摇了摇头,说:"不是。再往山里走,还有个护林员,是胡传海的朋友。夜里,他们两个人经常在一起喝酒、聊天。"

"哦,是吗?"张韦说。

姚伊娜吃着吴老三端上来的野果,夸赞道:"真好吃!简直是人间美味!"

吴老三高兴得满脸通红,不停地忙活,恨不得把所有好吃的东西都拿给他们品尝。

姚伊娜说:"叔,别忙活了,快坐下吧!最近,您见过胡传海吗?"

说着,她把凳子让给吴老三,自己站了起来。

吴老三想了想,说:"最后一次看见他……是他上山帮胡军锋找牛的时候。"

姚伊娜点了点头。

吴老三停顿了一下,忽然想起了什么,说:"不对,应该还有一次。他上山找牛之前,一天清晨,我碰到过他。奇怪的是,他像不认识我似的……"

姚伊娜急切地问:"几点?"

吴老三想了想，说："四点多吧。那天夜里，我肚子不舒服，一连起来了好几次。最后一次……是四点多。上完厕所，天快亮了，我就在院子里站了一会儿，看见院子外面的小路上有一个人牵着牛赶路。从背影上看，应该是胡传海。我招呼了一声：'传海兄弟，这么早就起来放牛啊！'你说怪不怪，他好像没听见一样，头也不回地继续往前走。"

"会不会是天黑，您认错人了?"张韦说。

吴老三坚定地说："不可能！我们是一个村的，我一下子就认出来了！你们先坐，我去看看肉熟了没有！"

说完，他就进屋去了。

这可是一个重大突破啊！

孙武和姚伊娜兴奋地对视了一下。他们俩同时看向张韦，张韦则默默地低头看着姚伊娜的鞋印。

姚伊娜的鞋跟是尖的，每走一步都会留下一个小坑。

由此，张韦联想到了胡军锋的话："牛棚里除了牛蹄印，什么都没有。"与此同时，他的脑海中闪过了胡传海家厕所里藏着的那双似鞋非鞋的物件。

"我知道了！姚所，谢谢你的高跟鞋！"张韦抑制不住内心的激动，开心地对姚伊娜说。

"高跟鞋?"姚伊娜疑惑地看着张韦。

孙武也不明白这是怎么回事，瞪大了眼睛看着张韦。

张韦微微一笑，指着满地的小坑说："你的这个杰作，给了我破案的思路。由此，我想到了胡军锋家牛棚里的牛蹄印，还有胡传海家厕所里的东西……说明那个东西不是农具，而是作案工具。"

姚伊娜如梦初醒，不由得感叹道："张韦，还是你的思路开阔啊！"

张韦说："这个功劳是姚副所长的，你的高跟鞋立了大功！"

姚伊娜笑着说："明明是你想到的，不能把功劳算到我头上！"

孙武忽地站起来，急促地说："走，咱们去胡传海家，把作案工具找出来！"

"他要是把它转移了，怎么办？"张韦不由得担心起来。

姚伊娜想了想，说："这个作案工具不是最重要的……"

"什么是最重要的？"张韦和孙武异口同声地问。

"牛！找到那头被偷的牛，挽回胡军锋的损失，这才是咱们的目的。至于这个作案工具，即使他转移了，也不影响咱们破案。"姚伊娜说。

"那就立即行动吧！"张韦焦急地说。

这时，吴老三端着一小盆兔肉和一笸箩饼子走了出来。

他见他们要走，连忙说："干吗去？饭好了！你们哪儿也不许去，吃完饭再说！"

姚伊娜说："叔，我们有急事要办，必须马上离开。您知道胡传海的那个朋友叫什么名字吗？"

"他叫牛宏伟……八里堡村人。"吴老三说。

姚伊娜一下子就想起来了："就是牛宏军的弟弟吧！四十多岁，至今单身……二十多岁的时候，因为盗窃被判了一年刑。"

"嗯，就是他。"吴老三说。

姚伊娜不解地问："这种人怎么能当护林员呢？"

吴老三说："牛宏军当过村委会主任，以名誉担保他弟弟不会再出问题，组织上才同意……"

三个人从吴老三家出来，直奔牛宏伟家。

正在吃午饭的牛宏伟看到他们三个人，有些不知所措。牛宏伟热情地招呼他们坐下，倒上了自己煮的"罐罐茶"。

姚伊娜喝了一口茶，苦得直吐舌头。

牛宏伟笑着说："这个东西，女娃就是喝不惯。我再给你倒杯水！"

"我自己倒！"姚伊娜站起身来，往屋里走。

牛宏伟就像遭到了电击一样，一下子跳了起来，拦住了姚伊娜："我给你倒！你不知道暖壶在哪儿！"

张韦看了一眼紧闭的房门，笑着说："牛大哥，你该不会是金屋藏娇，怕我们看见吧？"

"哪有啊！张警官真会说笑！"牛宏伟结结巴巴地说。

孙武说："牛大哥，您就别客气了，让姚所自己去倒水吧！"

"这个……"牛宏伟不知道该如何应对。

张韦冲姚伊娜使了个眼色，让她赶紧进屋。

"大白天的，门上挂个锁干什么？"姚伊娜一边说，一边装作不经意地去开门。

她打开卧室的门，见里面有一头牛，便惊呼道："牛大哥，大白天的，你怎么把牛拴在卧室里了？"

牛宏伟听罢，脸色大变。

张韦拉住牛宏伟，问："怎么回事？"

牛宏伟一屁股坐在地上，喃喃地说："不是我偷的，是胡传海给我送来的！他说，在我这儿放一段时间……"

张韦说："就这么简单？"

牛宏伟说："就这么简单！"

孙武问："他没有向你许诺什么吗？"

"这个……哦，他说，等卖了钱，分给我一部分。"牛宏伟说。

姚伊娜把牛从房间里牵出来，说："怪不得大家怎么找都找不到！他把牛藏在这里，谁也想不到……护林员的职责就是守护山林，谁会怀疑他呢？"

张韦三下五除二，将牛宏伟铐住了。

张韦牵着牛，姚伊娜和孙武带着嫌疑人牛宏伟，朝派出所走去。

看见他们得胜而归，马小林长长地舒了一口气，说："你们辛苦了！我带人去传唤胡传海！"

张韦说："所长，我跟您一起去吧！我知道作案工具藏在什么地方！"

姚伊娜附和道："幸亏张韦在厕所里摔了一跤，才有了重大发现！所长，您就让他跟您一起去吧！"

马小林笑着摇了摇头，说："你们太累了，在所里休整一下吧！你们就放心吧，我会把胡传海和那双'牛蹄子鞋'一块儿带回来的！"

姚伊娜、张韦和孙武齐声说："谢谢所长！"

于是，马小林便带着所里的值班民警，直奔刘家河村。

傍晚时分，胡军锋和胡军强来到了派出所。看到那头心爱的老牛，胡军锋飞奔过去，一把抱住牛脖子，跪在地上哭了起来。

听到哭声，姚伊娜从办公室里走了出来。

她扶起胡军锋，安慰道："叔，牛不是找回来了嘛，您应该高兴啊！别哭了！"

胡军锋抹了抹脸上的泪水，哽咽着说："姚所，叔这是太高兴了！谢谢你们！你们不但救了我的命，还找回了我的牛！"

姚伊娜急忙扶起胡军锋，说："叔，破案是我们的职责，您不用客气！走，咱们到办公室去签个字！"

办完手续之后，胡军锋就可以把牛牵走了。

临走时，他紧紧地握住马小林的手，说："所长啊，这三个年轻人能干得很，您一定要好好表扬他们！明天，我给你们送锦旗！"

马小林拍了拍胡军锋的手，说："老人家，您的心意我们领了！您快把牛牵回去吧！"

胡军锋感激地说："所长，不管怎么说，锦旗是一定要送的！"

看着老哥俩牵着牛开心地走了，民警们的脸上露出了欣慰的笑容。

第九章 危难之处显身手

从除夕到初五，姚伊娜一直在忙碌，不是在出警的路上，就是在走访的途中。值班的时候，她和同事们一起化解矛盾纠纷，经常忙到深更半夜。不值班的时候，她提着礼物，到孤寡老人家中送祝福。

大年初五的下午，姚伊娜终于忙完了手头的工作，拖着疲惫的身躯回到了家。

梁达立刻跑过来，体贴地问："老婆，晚上想吃点儿什么？"

姚伊娜瘫倒在沙发上，说："你看着做吧！"

梁达说："前两天，我妈送来了炖肉，我热一热，咱们俩吃吧！"

姚伊娜笑着说："好啊！别光吃肉，做个凉拌黄瓜！"

梁达说："好嘞！"

梁达把饭端上来的时候，发现姚伊娜已经在沙发上睡着了。

于是，梁达给姚伊娜盖上了毛毯。

姚伊娜猛地坐起来，瞪着眼睛，问："要出警吗？"

梁达心疼地抱住姚伊娜，说："老婆，你辛苦了！看你，连做梦都想着工作！"

姚伊娜反应过来之后，微微一笑，说："不好意思，我睡着了!"

梁达说:"老婆,一定要注意身体,别太拼命了!"

姚伊娜轻轻地推开梁达,说:"饭好了吗?我饿了!"

梁达开玩笑说:"姚副所长,请用餐!"

姚伊娜笑着说:"开饭!"

饭后,姚伊娜问:"梁达,你明天是不是也休息?"

梁达说:"当然啦!春节放假的前几天,单位里的活儿,我基本上都包了。明天是你师父的周年忌日,你肯定要去扫墓。鲜花之类的东西,我都准备好了。下午,我专门去超市买了一瓶好酒。你师父活着的时候,有纪律约束,喝不了酒……"

姚伊娜深情地看着梁达,柔声说道:"老公,你真好!"

大年初六是春节假期的最后一天。上午,返城的车辆明显增多,滨河路上出现了拥堵的现象。

梁达驾驶着车辆,来到了华林山烈士陵园。

姚伊娜让梁达把车停在路边,然后和梁达一起步行进入了陵园。

陵园内寂静无声,高大的烈士纪念碑庄严肃穆。姚伊娜和梁达走到纪念碑前,深情地三鞠躬。

然后,他们沿着小道走到了吴国辉的墓前。姚伊娜眼含热泪,把一束菊花放在了墓前。梁达倒了一杯酒,递给了姚伊娜。姚伊娜端起酒杯,轻声说:"师父啊,我来看您了!在您离开的日子里,我遇到了和您一样对我好的人——梁达。师父,请您放心,我们一定会幸福!"

梁达挽起袖子，清理着墓碑前面的杂草。

姚伊娜从口袋里拿出一包香烟，放在了师父的墓碑前面。

这时，从树林中传来了小孩子的说话声。姚伊娜抬眼望去，只见刘淑慧领着吴子涵朝这边走来。

刘淑慧来到墓前，忍不住泪如雨下。

吴子涵轻声叫道："姚阿姨！梁叔叔！"

姚伊娜心疼地把吴子涵搂在了怀里。

张韦处理完事情后，踏上了回家的路。

路过李建国居住的村子时，他忽然想起来，应该去给李爷爷拜年。于是，他在村口的小卖部买了一箱牛奶和两盒点心。

"李爷爷，我来给您拜年了！"一进院子，张韦就喊了起来。

李建国拄着拐杖，从屋里走出来，开心地说："小张，谢谢你啦！你们这些孩子，真是有心人！外面冷，快进屋吧！"

张韦笑着说："李爷爷，这个假期，我真的有点儿忙。初六才来给您拜年，有点儿晚了。"

李建国把眼睛眯成了一条缝，说："十五之前都是年嘛！哪一天都行啊！"

李萍接过张韦手中的礼品，说："张警官，你太客气了！"

张韦说："看你说的！我是来给爷爷拜年的，能空着手吗？"

说完，他笑了起来。

李建国指着炉子上煮的"罐罐茶"，说："小张，你是喝这个呢，还是喝'三炮台'？"

李萍说："爷爷，张警官是客人，当然要喝'三炮台'了！"

说着，她就要去冲"三炮台"。

张韦急忙拦住她，说："不用！我就爱喝'罐罐茶'！"

李萍半信半疑地说："真的？'罐罐茶'是老一辈人喜欢喝的茶，又苦又涩，纯粹是为了省钱。"

张韦认真地说："我到李爷爷这里来，就喝这种茶。"

李建国笑着点了点头，说："好啊！"

李萍不再坚持，转身走进了厨房。

李建国给张韦倒上茶，两个人聊起天来。

李萍去厨房端来了饭菜，要留张韦吃顿便饭。

张韦站起身来，说："我得回去了！我们有纪律，不能随便在老百姓家吃饭。"

李建国连忙拉住张韦，说："你是来给我拜年的，咋能空着肚子走呢！"

李萍也走过来，说："张警官，你是嫌我做的饭不好吃吗？"

张韦脸一红，说："不是！不是！你误会了！"

张韦执意要回单位，李建国只好放他走了。

李建国要送张韦，张韦连忙说："李爷爷，您腿脚不好，别出去了！"

李建国笑着对李萍说："萍啊，你去送一送张警官吧！"

李萍迅速穿上羽绒服，和张韦一起走出了家门。

走到警车前，两个人停了下来。

张韦问："这段时间，你一直住在爷爷家吗？"

李萍笑了笑，说："没有。春节放假，我过来陪一陪爷爷。开学之后，我就要回去住了。离婚的时候，他净身出户，房子和孩子都归我了。"

张韦看了看表，觉得时间尚早，便指着凤凰山，问李萍："你有空吗？去山上走走好不好？"

李萍微笑着说："好啊！乐乐跟舅舅出去玩了，我回去也没什么事儿，咱们一起走走吧！"

夜色中，张韦和李萍并肩走在凤凰山的小路上。

走了一会儿，李萍说："张警官，你是不是觉得我很傻？"

张韦说："没有啊！"

不知不觉间，两个人来到了山顶的老寿星石像跟前。冷风迎面吹来，李萍裹紧了羽绒服。她看着山下璀璨的灯光，说："万家灯火尽收眼底，真是太美了！"

张韦低头沉思了片刻，说："李老师，你想不想听我的故事？"

李萍好奇地看着张韦，说："张警官，你也有故事？我当然想听了！"

张韦苦笑了一下，然后娓娓道来。

大学毕业后，张韦回到了自己的家乡——金城。可是，他的女朋友却执意要留在一线城市。

回到金城后，张韦顺利地当上了一名人民警察。他的女朋友进了一家大型私企，工作不太稳定。

他们分开之后，彼此十分思念。每逢节假日和周末，张韦都会托自己的铁哥们儿给女朋友送去巧克力或者鲜花。这样的日子持续了半年多，两个人之间慢慢地产生了距离。张韦每次给她发信息，她都敷衍了事，有时候甚至不回信息。张韦工作压力大，一忙起来什么都忘了，无暇顾及这些事情。

有一天，张韦突然想起来，他已经很长时间没有和女朋友联系了。他急忙打电话给女朋友，但是女朋友没有接。

张韦一时冲动，乘飞机来到了女朋友所在的城市。在公司门口，他看见自己的女朋友和铁哥们儿手牵着手。一问才知道，他们两个人早在两个月之前就结婚了。

张韦气得浑身哆嗦，发誓永远不再和这两个人打交道了。

听完张韦的诉说，李萍深深地叹了一口气，说："咱们俩是同病相怜啊！"

张韦说："我本来不想再找女朋友了，可是我爸妈隔三岔五地催婚，弄得我都不敢见他们了。"

李萍笑着说："想不到，你们警察也会遇到这样的难题！"

张韦叹了一口气，说："唉，警察也是人啊！为了躲避父母，我干脆住在单位……"

李萍担忧地说："你这么躲着，也不是办法啊！"

张韦说："是啊！明天轮到我休息了，我只能硬着头皮回家见他们。说实话，看着白发苍苍的老爸、老妈，我心里很难受，觉得对不起他们。唉，我真是个不孝的儿子啊！"

李萍感叹道："可怜天下父母心啊！"

张韦凝视着远方，陷入了沉思。突然，他想出了一个主意。

他直勾勾地盯着李萍，认真地说："李老师，我想请你帮个忙，可以吗？"

李萍说："帮什么忙？"

张韦说："我想请你假扮我的女朋友，行吗？我妈做的饭可好吃了，你可以去尝尝。"

李萍说："这种弄虚作假的事，我真的干不了。我这个人天生胆小，一说谎话就脸红！"

张韦说："李老师，求你了！你只要出场就可以了！"

李萍说："我当然愿意帮你了！可是，我总觉得心里不踏实。"

张韦拍了拍胸脯，说："别怕，有我呢！"

李萍思考了一会儿，然后说："好吧，我帮你一次！"

张韦开心地跳了起来，兴奋地围着老寿星石像跑了一圈儿。

正月十四，开学的日子一天天临近。下午，李萍在房间里备课的时候，听到正在院子里玩耍的乐乐喊道："姚阿姨好！"

李萍连忙走出去，说："姚副所长，你怎么来了？"

姚伊娜笑着说："明天就是正月十五了，我来看看李爷爷。我给他带了黑芝麻馅的汤圆，这是他最爱吃的。"

说着，姚伊娜把手中的袋子递给了李萍。

李萍说："爷爷出去遛弯儿了，一会儿就回来。"

不一会儿，李建国就走进了院子。

李建国看到李萍手里的袋子，对姚伊娜说："小姚，谢谢你啊！"

姚伊娜微笑着说："李爷爷，咱们是一家人，不用客气！"

李建国说："进屋坐会儿吧，外面怪冷的！"

姚伊娜说："爷爷，我跟李老师商量个事儿，就不进屋了。"

李建国说："什么商量不商量的，你就直接说吧！"

姚伊娜见李萍还在厨房里，便凑到李建国的耳边，悄声说："爷爷，这件事啊，还真得商量一下！我们所的一个小伙子看上李萍了，我打算撮合一下……您说要不要商量？"

李建国笑着说："嗯，这事儿确实得商量！"

姚伊娜小声说："爷爷，一定要保密啊！"

李建国说："嗯，好！"

这时，李萍从厨房里走出来，问："你们说什么呢？"

姚伊娜急忙挽着李萍的手臂，走到一边，说："李老师，我想求你帮个忙。"

李萍说："别客气！能帮上你，是我的荣幸！"

姚伊娜笑着拍了拍李萍的肩膀，说："初七那天，你不是帮了张韦一个忙嘛……他的爸妈看上你了，非让张韦明天带着你去过元宵节。张韦不好意思跟你说，就让我来帮他说了。"

李萍想了想，有些为难地说："当时，我一冲动，就答应了。的确，那天的演出非常成功。可是，我担心，要是再演下去，会露馅儿的。"

姚伊娜想了想，说："李老师，你考虑得非常周全。我觉得，现在你已经入戏了。你要是突然不去了，张韦也不好和家人交代啊！即使要分手，也得过一段时间再说啊！"

李萍说："你们经常照顾我爷爷，我非常感激。按理说，我应该替你们排忧解难。可是，这事儿办起来真的有点儿难啊！"

姚伊娜说："李老师，你就再帮张韦一次吧！"

李萍轻轻地叹了一口气，说："好吧。"

姚伊娜高兴地拉着李萍的手，说："谢谢李老师！告诉你一个小秘密，我觉得张韦可能真的喜欢你。我发现，一提起你，他的眼睛就放光。"

李萍娇羞地推了一下姚伊娜,说:"别瞎说!张韦没结过婚,怎么可能看上我这个离婚的……"

姚伊娜说:"看你说的,离婚怎么了!都什么年代了,还这么封建!"

李萍笑着摇了摇头,没有再说什么。

正月十五的傍晚,李萍和张韦一起来到了张韦家。一进门,他们就看到餐桌上摆满了饭菜,色、香、味俱全。

张韦的妈妈崔雪莉催促道:"快去洗手!开饭了!"

张韦大声说:"妈,您做了这么多好吃的,馋死我了!"

崔雪莉调侃道:"不是给你吃的!"

张韦笑嘻嘻地说:"妈,您好偏心啊!"

崔雪莉笑着说:"臭小子,学会贫嘴了!"

吃饭的时候,李萍略显拘束。于是,崔雪莉便热情地用公筷给李萍夹菜。

李萍说:"阿姨,我自己来!"

崔雪莉把可乐鸡翅夹到李萍的碗里,说:"小李,快吃吧!别总想着减肥!阿姨认为,胖胖的女孩更好看。"

张韦说:"妈,看您说的!女孩子都减肥,穿衣服好看!"

崔雪莉瞪了儿子一眼,说:"去去去,你懂什么……"

说着,她又给李萍夹了一只盐焗大虾。

李萍笑着说:"谢谢阿姨!"

张韦的爸爸张建华笑呵呵地看着他们,心满意足地喝了一口酒。

张韦看了看李萍,笑着说:"吃吧,别减肥了!我妈说的都是真理!"

这时,沙发上的手机响了起来。

张韦急忙按下接听键,电话中传来了姚伊娜急促的声音:"张韦,快回来!辖区内发生了一起故意伤害案件!"

张韦立刻站起身来,李萍也跟着站了起来。崔雪莉连忙拉着李萍的手,说:"让他去忙吧!咱们接着吃饭!"

张建华附和道:"小李,慢慢吃!"

李萍看了看张韦,希望能得到他的帮助。可是,张韦却说:"你别急着走了,吃完再走!"

李萍只好乖巧地坐了下来。

张韦赶到案发现场的时候,受害人已经被送到了医院。两室一厅的单元房内,地板上残留着一些血迹。

姚伊娜走过来,说:"这是一起家庭纠纷引起的故意伤害案件。夫妻二人因为琐事争吵,丈夫一怒之下,持刀刺伤了妻子。所里的其他人手头上都有案子,要不你来接手这个案子吧!"

张韦点了点头,说:"好吧。目前,受害人怎么样了?"

姚伊娜说:"从现场看,受害人伤到了腹部,流了很多血。医生说,她腹中的胎儿保不住了。"

张韦问:"嫌疑人呢?"

姚伊娜说:"带回派出所了!他捅伤妻子之后,主动报了警。"

深夜,在回派出所的路上,张韦收到了李萍的微信:"我已安全回家,别担心!你走后,我和叔叔、阿姨吃得很开心,聊得也很开心。"

张韦回复:"李老师,谢谢你啊!"

李萍回复:"看你说的,别那么客气!叔叔、阿姨把我当成准儿媳了,我真的很愧疚。"

张韦回复:"说不定,将来你真成了我家的儿媳妇!"

李萍回复:"别瞎说!"

张韦回复:"我要是真看上你了呢?"

李萍沉默不语。

过了一会儿,李萍发来了信息:"今晚的案子办得咋样?"

张韦回复:"正在办。"

李萍回复:"注意安全!"

张韦回复:"谢谢你的关心!太晚了,早点儿睡吧!晚安!"

李萍回复:"晚安!"

转眼间,兰州又迎来了一个冬天。

上午,姚伊娜骑着自行车来到八里堡村,上门调解村民张大山和邻居张宝华之间的纠纷。八里堡村在山里,交通不便,相对闭塞,村民们的经济状况都不是很好。

张大山家和张宝华家之间有一堵墙,墙边长着一棵核桃树。起初,没人注意这棵小树苗。可是,树苗长成胳膊粗的大树时,麻烦就来了。两家人都说这棵树是自己家的,为此还发生了口角。每年核桃成熟时,两家人都抢着摘。随着时间的推移,争吵愈演愈烈,两家人差点儿打起来。

一个星期前,村支书张文华到派出所来办事的时候,向姚伊娜说明了此事。

姚伊娜说:"小事不出村,大事不出镇,矛盾不上交。咱们得想办法自己解决这个问题!"

张文华点了点头,说:"你唱主角,我唱配角,咱们一起化解矛盾!"

姚伊娜走进村委会的办公室,张文华立刻迎了上来:"姚副所长,你先坐!我这就去叫人!"

不一会儿,两家人都来到了村委会的办公室。

张大山义正词严地说:"这棵树是我们家的!没什么好争的,大部分树冠在我家这边……"

张宝华的媳妇刘芳兰性子急,不等张大山说完就打断了他:"凭什么呀!没有树根,能长成大树吗?从这个角度说,树应该是我们家的。"

张大山的媳妇孙梅花不满地看了刘芳兰一眼,说:"咱们得讲理,不能胡搅蛮缠啊!"

刘芳兰生气地反驳道:"我怎么胡搅蛮缠了?"

眼看两家人又要吵起来了,姚伊娜果断地制止道:"你们都说树是自己家的……那么,树是谁栽的?有证人吗?"

张大山和孙梅花对视了一下,张宝华和刘芳兰也对视了一下,全都无言以对。

姚伊娜说:"别看我是个外人,我对这棵树还是比较了解的。据村里的老人说,这棵树本来就是自然生长的。你们两家本来关系不错,因为这棵树产生了矛盾,谁也不愿意让步。我已经调查清楚了,这棵树只能算作集体财产,谁也不许随便动。"

张文华点了点头,说:"嗯,是这么个理儿!"

姚伊娜话锋一转,严肃地说:"俗话说,远亲不如近邻。你们两家为了一棵树就闹得不可开交,实在不值得。为了防止你们再为这棵树争吵,张书记,咱们干脆把它砍掉,送给村里的低保户当柴烧吧!"

张宝华生气地说:"争什么争,鸡飞蛋打了吧!"

张大山小声反驳道:"咱们两家要是一开始就商量着办,就不会发生这种事儿!"

孙梅花站起身来,对姚伊娜说:"这不合适吧!"

刘芳兰附和道:"确实不合适!"

张大山和张宝华用力搓着手,想说什么,却又说不出来。

姚伊娜猜透了他们的心思,语气缓和地说:"我也是在农村长大的,知道能结果子的树对一个家庭来说意味着什么。树上的果子,最起码能卖一百多块钱。要是把这棵树砍掉,你们就不心疼吗?"

张大山和张宝华同时抬起头来,目光中充满了期待。

姚伊娜微微一笑,说:"刚才我说要把树砍了当柴烧,那是气话。把这棵树留下来,明年你们两家一起收核桃,卖的钱平分,好不好?"

话音刚落,张宝华就迫不及待地说:"我愿意!"

张大山搓着粗糙的大手,说:"我当然愿意了!"

姚伊娜说:"空口无凭!现在,我把处理意见写下来,你们两家人签字,这事儿就算定下来了。"

把这件事情处理完,已经是中午了。乌云密布,天空中飘起了雪花。

张文华对姚伊娜说："你们就别回去了，到我家吃饭去吧！今天的事情处理得很圆满，值得庆祝！"

午后，雪越下越大。姚伊娜推着自行车，走在山路上。

走着走着，她听见了一阵"咚咚"声，低沉而有力，持续不断。

这是什么声音？

啊，有人在盗伐树木！

她将自行车往路边一扔，循着声音朝山林里走去。凤凰山上林木稀疏，可以看到很远的地方。可是，枯草上的雪已经没过了脚面，山坡上白茫茫的，根本看不见路。

姚伊娜找到一根树枝，试探着往前走。她爬过一道山梁，穿过一片树林，看见前面的山坳里有两个人正抡着斧子砍树。

以前听老民警说过，这些人专门在天气恶劣的时候出来作案。

姚伊娜猫着腰，加快了脚步，一不小心跌倒在了一个深深的雪坑里。那两个盗贼发现了她，扛起斧子就往山上跑。

"我是警察！站住！"姚伊娜大声喊道。

那两个人一听是警察，跑得比兔子还快，不一会儿就不见了踪影。

姚伊娜循着脚印，快速追了过去。她爬到另一个山梁上的时候，看见那两个盗贼从山的侧面狂奔而下。

大雪封山，杂草和树枝挡住了去路，她跑起来十分困难。眼看着接近了目标，她感觉浑身充满了力量，在树林里飞速穿行。

前方突然出现了一个断崖，姚伊娜没来得及收住脚步，跌下了山崖……

不知不觉，到了下班的时间。张韦在所里转了一圈儿，没有看见姚伊娜。

迎面走来了孙武，张韦问道："今天一天都没看见姚副所长，她干什么去了？"

孙武想了想，说："早上，我看见她推着自行车走了，估计是到辖区去了。"

张韦自言自语道："不管干什么去了，下班前也该回来。"

孙武说："说不定遇到了困难……走，咱们去问问所长！"

马小林说："上午，她去八里堡了。怎么，她还没回来？"

"没有啊！"张韦说。

"啊？不会吧！"马小林急忙拿出手机，拨打了姚伊娜的电话，结果无人接听。

接着，他拨通了张文华的电话："喂，老张啊！姚伊娜今天到你们那里去了吗？哦，矛盾化解了，不错！什么时候走的？什么……"

挂断了电话，马小林说："老张说，她早就回来了。"

张韦说："姚副所长一个人走那么长的山路，会不会遇到危险？"

"这个，不好说！"马小林说着，把车钥匙递给了张韦，"走，咱们去看看！"

傍晚时分，雪还在下。

"张韦，快点儿，天就要黑了！"马小林催促道。

"马所，路太滑，不能再快了！"张韦说。

汽车行驶至半山腰的时候，马小林发现了姚伊娜的自行车。

他激动地喊道:"在那儿呢!"

张韦也看见了倒在路边的自行车,急忙刹住了车。

"自行车在这儿,人去哪儿了?"马小林低声嘟囔着。

张韦和孙武观察了一下那辆自行车,没有发现什么特别之处。

没有车轮的印迹,不像是交通事故!

张韦看见一条通往山里的小路,在小路上发现了一串脚印。经过仔细辨认,他确认这脚印就是姚伊娜的。

他马上对马小林说:"马所,你看这里! 姚伊娜应该是从这里走进山林的!"

马小林急忙跑过来,朝张韦指的方向看去,果然看见了一串脚印。

张韦说:"自行车倒在地上,说明姚副所长遇到了紧急情况!"

马小林径直向山林里走去,边走边说:"走,咱们进山看看!"

张韦一个箭步冲上去,挡在了马小林的前面:"马所,山里情况复杂,处处有危险……我年轻,让我走在前面吧!"

马小林笑了笑,说:"咱们一起走吧!"

他们走了一段时间,发现地上的脚印多了起来。

张韦说:"果然有情况! 马所,你看,脚印一下子多起来了!"

经验丰富的马小林一下子就找到了山坳里的那棵即将被砍倒的大树。

马小林冲张韦点了点头,说:"姚副所长可能是发现了盗伐树木的贼!"

他停顿了一下,然后惊呼:"啊,不好!"

"怎么了?"张韦紧张地问。

马小林说:"去年,我帮后崖村的老刘找羊的时候,在这一带搜索过。当时,另一个放羊人告诉我,山上有一个断崖,隐藏在树丛中,不易被人发现。姚副所长会不会……"

"不会吧!"孙武说着,瞪大了眼睛。

"赶快找!"马小林命令道。

于是,三个人一起朝山顶跑去。

天色渐渐暗了下来,马小林心中异常焦急。

循着脚印,他们找到了姚伊娜跌下山崖的地方。

看着松树枝折断的新茬儿,马小林说:"姚伊娜是从这里跌下去的!"

"那咋办?"孙武急得眼泪都快掉下来了。

张韦安慰道:"还没弄清楚情况呢,你哭什么?"说着,他冲着山谷大喊:"姚副所长,你能听见吗?"

孙武擦了擦腮边的泪水,跟着张韦喊了起来:"姚副所长,你在哪里?"

"不行,我得下去看看!"马小林说。

张韦说:"这山谷有十几米深,你怎么下去?"

马小林看了他一眼,胸有成竹地说:"当然不是从这里下去了!走,找个低洼处下去!"

说完,他向山下走去。

山林里的枯草上盖着厚厚的一层雪,使他们的行进速度变慢了。他们来不及多想,脑子里只有"抄近道去山谷"。

走到一个陡峭的山坡上,马小林脚下一滑,失去了重心。张韦眼疾手快,抱住了马小林。两个人同时跌倒在雪地上,巨大的惯性使他们顺着山坡滚了下去。

到了坡底，张韦最先爬起来，拉起了马小林。

他一边拍打着身上的雪，一边急切地问："所长，你怎么样了?"

马小林用手扶着自己的腰部，说："腰扭了！问题不大，我能坚持！你呢?"

"我好着呢！"张韦说。

孙武追上来，仔细一看，发现马小林的鬓角处流血了，连忙大声说："马所，你的头上流血了！"

孙武从口袋里掏出纸巾，擦掉了所长头上的血迹。

马小林摸了摸自己的头，说："一点儿皮外伤，不用大惊小怪！"

天就要黑了，要是再找不到姚伊娜，可就麻烦了。密密麻麻的树木挡住了去路，他们绕过树林，向山谷走去。

根据姚伊娜跌下山崖的位置，马小林确定了搜索的范围。

走着走着，孙武忽然被什么东西绊了一下。他定睛一看，是一只脚——姚伊娜的脚！

"马所，我找到姚副所长了！"孙武失声惊呼。

他蹲下来，试了试姚伊娜的鼻息，确定姚伊娜还活着。

马小林和张韦听见孙武的呼喊声，赶紧跑了过来。只见姚伊娜躺在一棵大树旁，身体的一侧有一摊殷红的血迹。

马小林捧着姚伊娜苍白的脸，轻声说："小姚，你能听见我说话吗?"

姚伊娜双目紧闭，呼吸微弱。

张韦查看了一下姚伊娜的伤势，说："失血性休克！快，救人要紧！"

说着，他一下子背起了姚伊娜。这时，姚伊娜发出了痛苦的呻吟声。

孙武紧张地问："是不是弄疼她了？"

张韦背着姚伊娜，一边快步前行，一边说："应该是弄疼了！可是，这里没有担架啊！姚副所长，你要挺住！"

马小林和孙武一左一右，扶着姚伊娜，跟在张韦身后。

他们走出山谷的时候，天已经黑了。为了保证每走一步都是安全的，孙武自告奋勇地在前面探路。

孙武在前面大步走着，突然发现了自己刚刚留下的脚印。这说明，他们又回到了原点。

他沮丧地说："马所，我感觉咱们迷路了！"

马小林停下来，四处查看了一番，说："我来带路！你们跟着我走！"

孙武说："马所，你真厉害！"

快要走出山林的时候，马小林看了看汗流浃背的张韦，说："我帮你背一会儿吧！"

张韦喘着粗气说："不用，我能坚持！"

终于到了汽车旁，姚伊娜还处在昏迷之中。马小林一把拉开车门，让孙武先坐到车上，自己和张韦合力将姚伊娜抬上了车。

马小林跳上车，一踩油门，直奔医院。

急救室里，医护人员紧张地忙碌着。刘淑慧忙前忙后，进进出出。刘淑慧每一次出来，张韦都想问一下里面的情况，却欲言又止。

刘淑慧看透了张韦的心思，走出来对大家说："病人大腿骨折，脾脏破损，失血过多。她还没有脱离危险，请你们耐心等待！"

"这可怎么办？她还年轻！"马小林焦急地说。

刘淑慧安慰道："马所，别太紧张了！我们医院的李副院长来了，他是我们这儿最好的医生。"

马小林说："好的。淑慧，你快去忙吧！"

刘淑慧点了点头，转身走进了急救室。

此时，马小林的心情十分沉重。

张韦走过来，说："马所，咱们要相信医生！李副院长是顶尖的专家，一定没问题！"

时间一点一点地流逝，急救室的灯依然亮着。突然，门被推开了，刘淑慧再度出现。

她走到马小林身边，轻声说道："度过这几个小时的危险期，就没事儿了。李副院长说，接下来最重要的是观察。"

听到这话，马小林说："太感谢了！"

刘淑慧微笑着说："不用谢，这是我们的职责。你也要保重身体！"

张韦眉头紧锁，默默地为姚伊娜祈祷。

太阳从地平线上升起的时候，姚伊娜醒了。她动了一下手臂，立刻把吊瓶弄得剧烈摇晃起来。

趴在床边打瞌睡的张韦立刻就清醒了，问："怎么了？"

姚伊娜低声说："我这是在哪里？"

张韦这才反应过来，不由得喜极而泣，说："在医院啊！昨天夜里，马所长一直守在你身边！天亮之后，我让他回去休息了。"

姚伊娜忽然记起了什么，问："偷伐树木的贼……抓住了吗？"

"抓住了！刑警队的人连夜行动，天一亮就抓住了！"张韦说。

姚伊娜说："是你救了我？"

这时，马小林走进来，说："对，是张韦救了你。"

张韦有些不好意思地说："所长，这不是我一个人的功劳，是大家一起救了姚副所长！"

姚伊娜感激地说："谢谢你们！"

马小林说："小姚啊，你真是福大命大啊！医生说，要是再晚一些，就会有生命危险。所以说，张韦是你的救命恩人！"

姚伊娜说："你们都是我的恩人，我会永远记住你们！"

五年后，四月下旬的一天，在凤凰山上举办了一年一度的桃花会。

在这桃红柳绿的阡陌间，凤凰派出所的民警们行进在巡逻的路上。他们用脚步丈量着脚下的土地，以初心守护着这里的安宁。

一个四岁左右的小女孩儿向正在执勤的姚伊娜跑来，递给了她一束桃花。

姚伊娜接过桃花，闻了一下，柔声对小女孩儿说："小姑娘，谢谢你！"

小女孩儿眨着一双水汪汪的大眼睛说："阿姨，这是我爸妈让我给你的！快看，他们就是我的爸妈！"

姚伊娜顺着小女孩儿指的方向望去，只见桃花丛中，李凡和一名女子冲着她挥了挥手。

"阿姨，我妈妈让我叫你到我家喝杯茶。她说，你在这里站了一上午，辛苦啦！"

姚伊娜蹲下来，在小女孩儿的脸上亲了一下，说："小姑娘，你真可爱！不过，阿姨不能随便离岗。"

小女孩儿固执地说："我和弟弟可以帮您站岗！"

姚伊娜笑了笑，说："你和弟弟？哪个弟弟？"

"妈妈，我来了！"姚伊娜回过头来，只见三岁多的儿子跑了过来，后面跟着梁达。

儿子亲了姚伊娜一下，说："妈妈，你到李叔叔家休息一会儿吧！我和姐姐在这里站岗！"

说着，他和那个小女孩儿手拉着手，笔直地站在路边。

游客们纷纷拿出手机，拍下了这个精彩的瞬间。

附录

2023 年"新时代中国法治文学精选"丛书入选作品名单

长篇小说

《另一半真相》（原名：《插翅难逃》）　　　　作者：易卓奇

《阿波罗侦探社》　　　　作者：蔚小健

《正义者》　　　　作者：裘永进

《幸福里派出所》　　　　作者：李　阳

《风口浪尖》　　　　作者：楸　立

《女警姚伊娜》　　　　作者：宋瑞让

中篇小说

《七天期限》　　　　作者：楸　立

《该死的人性》	作者：洪顺利
《薪火相传》	作者：贺建华
《蜂王》	作者：疏　木

短篇小说

《千丝万缕》	作者：少　一
《重塑》	作者：骆丁光
《无处躲藏》	作者：奚同发
《警徽闪烁》	作者：魏世仪
《垃圾街》	作者：阿　皮
《麻辣师徒》	作者：程　华
《新月》	作者：王　伟
《雾霾》	作者：任继兵
《夺命陷阱》	作者：罗学知

报告文学

《"寻人总司令"隋永辉》	作者：艾　璞
《村里来了警察书记》	作者：罗瑜权
《采访汪警官手记》	作者：张　明
《激流勇进铸忠诚》	作者：张建芳
《平凡英雄》	作者：王改芳
《中成，你是我们的兄弟》	作者：程　华

中国社会主义文艺学会法治文艺专业委员会

2023 年 12 月 31 日